劇場版 ONE PIECE STAMPEDE
ワンピース スタンピード

尾田栄一郎　浜崎達也
［劇場版脚本］冨岡淳広　大塚隆史

麦わらの一味

CHARACTERS

登場人物

モンキー・D・ルフィ
船長。海賊王を目指す。
懸賞金は15億฿《ベリー》

ロロノア・ゾロ
戦闘員。世界一の
大剣豪を目指す

ナミ
航海士。夢は世界
地図を作ること

ウソップ
狙撃手。ウソとハッ
タリ、発明が得意

サンジ
コック。〝オールブ
ルー〟を探し求める

トニートニー・チョッパー
船医。夢は何でも治
せる医者になること

ニコ・ロビン
考古学者。
〝真の歴史の本文《リオ・ポーネグリフ》〟を追う

フランキー
船大工。サイボーグで、
サニー号を手がけた

ブルック
音楽家。早斬りが
得意なホネ人間

STAMPEDE

海賊万博関係者

ダグラス・バレット

元ロジャー海賊団。
〝鬼の跡目〟の異名を持つ

ブエナ・フェスタ

海賊万博の主催者。祭り
屋にして戦争仕掛け人

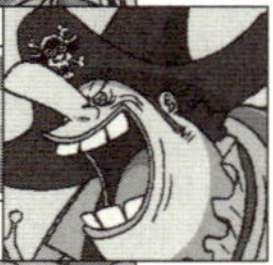

ドナルド・モデラート

海賊万博の司会者

アン

海賊万博を盛
り上げる歌姫

最悪の世代

トラファルガー・ロー

ハートの海賊団船長

ユースタス・キッド

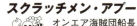

キッド海賊団船長

キラー

キッド海賊団戦闘員

ジュエリー・ボニー

ボニー海賊団船長

カポネ・ベッジ

ファイアタンク
海賊団船長

バジル・ホーキンス

ホーキンス海賊団船長

スクラッチメン・アプー

オンエア海賊団船長

ウルージ

破戒僧海賊団僧正

X・ドレーク

ドレーク海賊団船長

CHARACTERS 登場人物

王下七武海

バギー
海賊派遣会社バギーズデリバリー座長

ボア・ハンコック
九蛇《クジャ》海賊団船長

ジュラキュール・ミホーク
〝鷹の目〟と呼ばれる世界最強の剣士

MARINE 海軍

サカズキ
海軍本部元帥。

イッショウ（藤虎《ふじトラ》）
盲目の刀の使い手。海軍大将

ボルサリーノ（黄猿《きザル》）
〝ピカピカの実〟の能力者。海軍大将

センゴク
海軍本部大目付

モンキー・D・ガープ
海軍の英雄。ルフィの祖父

スモーカー
〝白猟《はくりょう》〟と呼ばれる海軍中将

たしぎ
スモーカーとコンビを組む海軍大佐

コビー
海軍大佐。ガープの部下

ヘルメッポ
海軍少佐。ガープの部下

戦《せん》桃《とう》丸《まる》
海軍本部所属。パシフィスタを従える

ヒナ
〝黒檻《くろおり》〟の異名を持つ海軍少将

革命軍

サボ
参謀。エース・ルフィの義兄弟

コアラ
魚人空手師範代

世界政府

ロブ・ルッチ
CP - 0所属の諜報員

その他の海賊

マーシャル・D・ティーチ
四皇。黒ひげ海賊団船長

クロコダイル
元王下七武海

アルビダ
バギーと連合を組むアルビダ海賊団船長

ギャルディーノ（Mr.3）
バギーズデリバリー幹部

ワポル
悪ブラックドラム王国国王

フォクシー
フォクシー海賊団船長

バルトロメオ
バルトクラブ船長

ペローナ
〝ホロホロの実〟の能力者

キャベンディッシュ
美しき海賊団船長

ゴール・D・ロジャー
ロジャー海賊団を率いた海賊王

CONTENTS

目次

プロローグ 011

STAMPEDE 1 021

STAMPEDE 2 069

STAMPEDE 3 109

STAMPEDE 4 145

STAMPEDE 5 187

STAMPEDE 6 227

エピローグ 271

PROLOGUE

プロローグ

最悪《LEVEL6》の仲間がほしかった。

海底監獄《かんごく》インペルダウン。

脱獄不可能、世界政府に逆《さか》らったクソどものはきだめだ。

「ゼハハハ！　ごきげんよう！　この閉ざされた檻《おり》のなかで一生を終える、夢なき囚人ども！」

闇《やみ》の底の底で、海賊〝黒《くろ》ひげ〟ことマーシャル・D・ティーチは暗い檻にむけて声を投げかけた。

インペルダウンは凪の帯《カームベルト》の海中にそびえる監獄塔だ。屈強の看守たち、軍艦と回遊する海王類《かいおうるい》によって守られた施設は、外に近い海面からLEVEL1～5までに階層分けされている。下に行くほど重罪人が服役していて、きびしい拷問《ごうもん》が課されるのだが、実は、おおやけになっていない六番目の最下層があった。

LEVEL6、別名を〝無限地獄〟という。

ここで罪人に課されるのは拷問ではなく永遠の〝退屈〟だ。LEVEL6の囚人たちは、世界政府にとって存在そのものが不都合な——たとえば国家転覆《てんぷく》をもくろんだ政治犯、あまりに凄惨《せいさん》すぎて新聞記事がさしとめられたほどの虐殺《ぎゃくさつ》事件の実行犯、いちどは政府側につきながら裏切った元・王下《おうか》七武《しちぶ》海《かい》の有力海賊、もっとシンプルに世界を破滅させかねない異常能力の持ち主……。

そんな一世一代の〝悪名《あくみょう》〟を築いた者たちが、人々の記憶から忘れ去られるまで、腐《くさ》って死に無力となるまで、なにもさせず幽閉《ゆうへい》しておくだけの場所だった。

「どうせ死を待つだけの余生……どうだおまえら、その檻のなかで一丁、殺しあいをしてみねェか！」

ティーチの言葉に、鎖《くさり》と枷《かせ》でつながれた囚人たちはひとり、ふたりと顔をあげた。

囚人たちはいくつかの部屋に分けて収監《しゅうかん》されていた。巨人サイズの房に入れられた者もいる。その彼らの瞳が、やがて……爛々《らんらん》と輝きはじめる。

彼らは、飽きていたのだ。

「生き残ったやつらを……おれの仲間として！　外《シャバ》へ！　つれだしてやろうじゃねェか！」

ティーチは宣言した。仲間になれ、と。その証《あかし》を見せろと。

すでに彼は、このインペルダウン襲撃をもって七武海の地位を事実上、放棄《ほうき》していた。

そもそもティーチが、海賊王の遺児ポートガス・D・エースの身柄《みがら》を土産《みやげ》に世界政府に接近、実力を認めさせて七武海の特権を得た目的のひとつは、このインペルダウンのLEVEL6にたどりつくことだった。最悪の囚人《こいつら》たちと会うためだ。

こいつらみたいな仲間がほしい。

ただし、あまり大勢はいらない。退屈地獄で何年、何十年と縛《しば》られていても、牙《きば》が抜け落ちなかった本気《ガチ》で楽しいやつだけがいればいい。


——ぉおおおおおおおおおおおおおおおおおおおおおおおおおおおおおっ！


囚人たちは猛《たけ》りたつ。

信じるのか？　この話を……いいや、脱獄も侵入も不可能とされたインペルダウンの最下層にティーチとその一味はあらわれた。いま、まさにインペルダウンの伝説はゆらいでいる。世界政府ご自慢の海底監獄が、黒ひげ海賊団によって崩《くず》されかけている。

ティーチは世界政府にケンカを売った。そして、いっしょに来いといっている。

〝外《シャバ》〟へ。彼らが、もっとも輝いて生きていたところに。


冷えきった海の底で。

温かい血のシャワーを浴び歓喜しながら、鎖でつながれた拳《こぶし》で殴《なぐ》り、足で蹴《け》り、頭をぶつけ歯でくらいつく。〝祭り〟だ。〝祭り〟だ。退屈から解放されたLEVEL6の囚人たちは〝国を滅ぼす〟ほどのすさまじい喧嘩《ケンカ》をはじめた。……………………

*

LEVEL6は異常な暑さと湯気につつまれていた。

命をかけた戦いのエネルギー、その余熱のようなものが土煙とともにフロアをただよっていた。破壊的な囚人同士の戦いのダメージを受けとめてもびくともしなかった海底監獄の頑強《がんきょう》さは、ある意味さすがだった。

「ゼハハハ……！」

ティーチは笑う。

黒ひげ海賊団の船員《クルー》たち。そして、この最悪のケンカ祭りを生きぬいた囚人たちが彼のまわりにあつまっていた。

みな、ひとりひとりが伝説を持っているような連中ばかり。こんなヤバいやつら、そもそも、ホイホイとだれかに膝《ひざ》をつくようなタマではあるまい。

——で？

囚人のだれかが、それとなくうながした。

黒ひげ海賊団の船員《クルー》たちは静かな警戒を解かない。一方ティーチはゆうゆうと、晩飯の予定をきめるようなノリであらためて告げた。シャバに出ておなじ船に乗っておなじ釜《かま》のメシを食うのは、おれの仲間だけだと。

つまり条件とは——マーシャル・D・ティーチを船長として、黒ひげ海賊団の旗のもとにくわわること。

生き残った最悪の囚人たち、それぞれの心に浮かんだ思惑《おもわく》、腹の底……それらは推《お》しはかりようもない。

だが、ティーチはインペルダウンからの脱出の手はずをととのえている。手間がはぶける。なにより七武海でありながら、正面から監獄破りをやってのけた男とともにいれば、まったく退屈はしないはずだ。無限地獄にいるより、ひとりで行動するより、ずっとだ。

囚人たちは渇くほどの退屈にうんざりしきっていた。そしてケンカ祭りでひさびさに鬱憤《うっぷん》を発散して、ハレの気分だった。

と、
黒ひげ海賊団の操舵《そうだ》手《しゅ》、〝チャンピオン〟ジーザス・バージェスが、なにかに気づいてふりかえった。

土煙のむこう。奥まったところにある牢獄《ろうごく》に、だれかがいた。

もともとは数人がおなじ檻のなかにいたはずだ。ほかの囚人たちは……すでに動かぬ姿となっている。

感じるものがあったのだろう。バージェスはその囚人に歩みよった。

身の丈《たけ》は三五五センチのバージェスとさほど変わらないくらいか。ちぎれた片耳、左肩から胸にかけてむごい火傷《やけど》の跡《あと》がある。ビルドアップされたレスラー体形のバージェスとくらべると、ムダを削《そ》ぎおとした肉づきをしていた。それが監獄生活でやつれたせいではないことは、足もとに倒れているほかの囚人たちを見ればわかる。

見せるためではない。倒し、殺すためだけの肉体――こいつは海賊じゃねェ、海兵か、どっかの軍人か。バージェスの筋肉が直感した。

「そいつだけはやめとけ」

ティーチが告げた。

ひきあげだ。

奥の檻を一瞥《いちべつ》すると、ティーチはLEVEL6の外に歩きだした。

——おれがほしいのは仲間だけだ。

弱《よえ》ェやつはお断《ことわ》り。いっしょにいると息がつまるやつも。そして、けっして仲間にならないやつもいらない。

これには、むしろ勝ち残った囚人たちのほうがティーチのいわんとすることを察し、ニヤリとして、あとにつづいた。

おなじLEVEL6で長年すごした彼らは知っていた。あの奥の檻にいる男が何者かを。入獄してから二〇年、なにをしつづけていたかを。

心を折ることができない人間というのはいるのだろう。あの男はティーチの呼びかけに応じることはない。あの男を動かすことができるのは世界でただひとりだけ。正確には過去にひとりだけいた。

世界最強の——

「生きてやがったか……〝鬼の跡目《あとめ》〟と呼ばれた男……」

これより黒ひげ海賊団は、まさに戦争のさなかにある海軍本部マリンフォードにむかうことになる。そこでティーチは、盃《さかずき》をもらってオヤジと呼んだ〝白《しろ》ひげ〟エドワード・ニューゲートとの決着をつける。新たな仲間、新たなチカラを得て、新たな世界に戦いを挑むのだ。

この日、海底監獄インペルダウンのLEVEL6から囚人たちが脱走した。

海軍本部は把握《はあく》している。ティーチと同行した者のほかにも、檻から姿を消した者が複数いたという。

最悪の脱獄囚たち。

そして――〝鬼の跡目〟もまた無法の海に解きはなたれた。

1 STAMPEDE

STAMPEDE 1 STAMPEDE 1 STAMPEDE 1 STAMPEDE 1 STAMPEDE 1 STAMPEDE 1 STAMPEDE 1
BF-3

富、名声、力《チカラ》。

かつて、この世のすべてを手に入れた男・海賊王ゴールド・ロジャー。最果《さいは》ての地ラフテルに至《いた》り、史上ただひとり〝偉大なる航路《グランドライン》〟を制した海賊王も、不治の病《やまい》に冒《おか》され、ついにローグタウンの処刑台に立つときがきた。そして世界をひっくりかえす発言をする。

――おれの財宝か？　ほしけりゃくれてやるぜ……探してみろ。この世のすべてを、そこにおいてきた。

彼の死にぎわにはなったひと言は、全世界の人々を海へと駆りたてた。

伝説の〝ひとつなぎの大秘宝《ワンピース》〟をめぐる冒険！

「あのひと言で大海賊時代がはじまった……」

葉巻をくゆらせ。

ロジャーの死の場面を描いた当時の絵をながめていた老人は、ふいに、いらだって紙をグシャグシャにした。

ほじくりかえされたくない過去をえぐられたからだ。

あれから二〇年余……マリンフォード頂上戦争。ロジャーの遺児ポートガス・D・エースの身柄《みがら》をめぐって、四皇《よんこう》・白《しろ》ひげ海賊団と世界政府・海軍本部のあいだでくりひろげられた決戦は、エースと〝白ひげ〟エドワード・ニューゲートの死によって幕を閉じた。

伝説の海賊の死。

世間的には海軍本部の勝利ということだ。しかし長年、新世界のパワーバランスの一角を担《にな》ってきた白ひげ海賊団の崩壊《ほうかい》は、世界政府が望んでいたであろう安定をもたらすことはなかった。

――〝ひとつなぎの大秘宝《ワンピース》〟は実在する。

ニューゲートもまた、かつて時代を競《きそ》ったロジャーにならうように、死にぎわに告げたという。

そして戦争のさなか乱入、ニューゲートを裏切ってすべてを奪《うば》った男――マーシャル・D・ティーチと黒《くろ》ひげ海賊団。私欲から白ひげ海賊団の鉄の掟《おきて》を破り、仲間殺しの罪によって追われる身となっていたティーチは、かつての部下にシメシをつけにきた白ひげ2番隊隊長エースをかえり討《う》ち。そうして得た七武海《しちぶかい》の地位を踏み台にして、いまやニューゲートに代わり新世界の海で台頭している。

「まったく、だれかが脚本を書いたみたいにうまくできていやがるよなァ……！　マリンフォードの戦争《マツリ》も、ある意味ロジャーの落とし子が主役だった。いつまでたっても世間はロジャー、ロジャー、ロジャー……お題目《だいもく》みたいにくりかえしやがって」

なにもかも海賊王ゴールド・ロジャーが処刑されてからだ。

死んで〝ひとつなぎの大秘宝《ワンピース》〟の伝説を残してから。時代は〝大海賊時代〟という祭りに酔ったままだ。

「あのとき、おれはいちど死んだんだ。おれも、あんたもよ」

暗い部屋には、来客がいた。

世間では死んだことになっていた老人――ブエナ・フェスタを探しあてて、たずねてきた男だ。〝祭り屋〟フェスタの名をたよってくる者は、いつ以来だっただろうか……。

「ロジャーの退屈な大海賊時代のせいで、おれたちは二〇年間、ただ生きているだけになっちまった。だが……！」

フェスタは葉巻の火をロジャーの死を描いた絵に押しつけた。

炎。

燃える。この心は燃え、躍《おど》る。

生きているとはこういうことだ。楽しいことだ。血湧《わ》き肉躍るってやつだ。

「乗るぜ、あんたの話……！　このブエナ・フェスタ、たしかに生涯《しょうがい》最高のネタがある！

やつが……ロジャーが隠した〝秘宝〟は、たしかに、おれの手にある！　それがあれば……！」

燃えあがった炎に暗い部屋のようすが浮かびあがる。

「…………」

「なるほど、おれも、あんたの求めるものも、すべて手にはいるだろうよ。〝鬼の跡目《あとめ》〟ダグラス・バレット！」

千切《ちぎ》れ耳。

インペルダウンのLEVEL6にいた、あの囚人だった。ダグラス・バレットは海底監《かん》獄《ごく》を脱獄後、紆余曲折《うよきょくせつ》を経《へ》て、隠遁《いんとん》生活をしていたフェスタのもとをおとずれた。

ある意図《はなし》をもって。

バレットのまえのテーブルには紙束が積まれていた。海軍の手配書だ。大海賊時代に名をあげた海賊たちは、ふたりにとっては息子や孫のような年ごろのガキばかりだ。

バレットは海賊の手配書の束にナイフを突きたてた。

それが彼のもちかけた〝意図〟だ。

「バレット……あんたなら、〝最強〟のために、世界中を闘争という〝熱狂〟にまきこめるかもしれない……！　それは〝宝探し〟なんていう間怠《まどろ》っこしいロジャーの大海賊時代よりも、はるかに楽しいだろうさ！」

いまは、まだダグラス・バレットひとりの野望でしかない。

それを計画し、資金を確保し、宣伝し、人をそろえてブチあげるのは興行師《こうぎょうし》の仕事だ。

プロデューサーである〝祭り屋〟ブエナ・フェスタの出番というわけだ。

わくわくする。

「世界をまきこんだケンカ祭りだ……！　Ｙｅａｈ！」

残りすくない人生を賭《か》けるのだ。

ゴール・Ｄ・ロジャー。

あの男は、比するもののない存在であるがゆえに。

この退屈な大海賊時代を、ロジャーが残したすべてをぶっつぶしてやる！

「やろうぜ……海賊の、海賊による、海賊のための……そして、おれとあんたのための世界一の〝祭り〟……！」

――〝海賊万博〟だ……！

＊

マリンフォード頂上戦争から二年。

四皇が割拠《かっきょ》する新世界を舞台に、大海賊時代は〝最悪の世代〟と呼ばれるルーキー海賊たちによって加速していく。

とどめようもなく。過去と現在と未来、人の絆《きずな》と縁をひきずり、もてあそび、彼らの命の輝きを危うく研《と》ぎすましながら。


ライオンの船首像《フィガーヘッド》、〈サウザンド・サニー号〉は波を分ける。

甲板《かんぱん》ではバーベキューの準備中だ。コックのサンジが吟味《ぎんみ》した肉と野菜の素材を並べて、サイボーグの船大工《ふなだいく》フランキーが口から火を吐いて火力を調整する。

海賊・麦わらの一味のいつもの宴《うたげ》風景だったが、今日は、ちょっとした出来事があった。


——親愛なる海賊ご一同。

敵船、同盟、入り乱れ酒を酌《く》みかわすのもまた一興《いっきょう》。

来る者こばまず去る者追わず。

この世界一の大宴《たいえん》〝海賊万博〟に参加されたし。

フェスティバル海賊団船長　ブエナ・フェスタ

「……世界一の大宴ねェ」

狙撃手《そげきしゅ》ウソップが郵便でとどけられた招待状を読みあげた。

船首像の上には麦わら帽子。一味の船長モンキー・D・ルフィは立ちあがってさけんだ。

「見えたぞ〜〜〜〜！」

進路には島影。そこが今回の目的の場所だ。

「聞いたことがあります海賊万博……何年かにいちど、突然、開催される巨大な海賊のお祭りで……」

音楽家ブルックが招待状をのぞきこむ。ブルックはアフロヘアのガイコツで御年《おんとし》九〇歳。いちど死んで生きかえった変わり種だが、一味ではぶっちぎりの年長者なので物知りだ。

「――船や食べものに情報など、世界中から、いろんなものがあつまるそうですよ」

「海賊の闇市《やみいち》みたいなもんか」

「いい酒もありそうだ」

フランキー、そして剣士ゾロもブルックの話に興味をひかれる。

「なお、今回は余興《よきょう》として……」

「海賊王ゴールド・ロジャー〜〜〜〜!?」

ウソップの背中に飛びついたちいさな青鼻のトナカイ、船医のチョッパーが、かわいらしい声をはさんだ。

「……にまつわるお宝探しをご用意しております、だと」

「海賊王の宝探し！」

船長のルフィはすっかりその気だ。

「海賊のお祭り……ごていねいに会場の島への永久指針《エターナルポース》まで同封して、おまけに海賊王のお宝……」

航海士ナミは〝万博島〟と記《しる》された永久指針《エターナルポース》を手にする。

〝偉大なる航路《グランドライン》〟の海では天候、海流、風向、さらには季節、磁気さえ一定ではない。つねに目的地の方向をしめす永久指針《エターナルポース》がなければ航海すらむずかしいのだ。

「お宝！　お宝！　お宝！」

「って、ちょっとは疑え！」

すっかりお祭りモードのルフィ、ウソップ、チョッパーの三人組を、ナミがたしなめた。

「ブエナ・フェスタ……世界一の〝祭り屋〟として知られた男。情報屋や武器商人とも強いつながりがあって、黒いうわさが絶《た》えなかった海賊よ。でも、たしか死んだはず……」

ベンチに座った歴史学者ニコ・ロビンがつぶやく。

「死んだ？」

「海難事故で、海王類《かいおうるい》に食われたそうよ」

「死んだはずの男と海賊王の宝か。ま、真偽《しんぎ》はともあれ海賊王と聞いちゃァあ、なァ、船長」

サンジが彼らの船長の気持ちを察する。

なんといったって、ルフィは新たな海賊王をめざす男なのだ。

「海賊同士のお宝探しだぞ？　ぜったい楽しいにきまってるじゃねェか！」

——行くぞ、海賊万博！

永久指針《エターナルポース》がしめす万博島が近づく。〈サウザンド・サニー号〉は入り江の運河から案内状にある港にむかった。

＊

万博島は、おおざっぱには三等分したドーナツかバウムクーヘンみたいなカタチをしている。島の中央に噴火口跡《あと》のようなすり鉢《ばち》状の穴があり、三方に分かれた運河によって海とつながって港になっている。

島全体が万博の開催地、メイン会場は噴火口跡のなかにあった。

ドンッ——　ドンッ——

祝いの空砲、紙吹雪《かみふぶき》のシャワーが海賊たちをむかえる。

運河にかけられたアーチをくぐれば、そこには、いるわいるわ海賊旗を掲《かか》げた船が大集合していた。


まるで新世界にいる海賊がすべてあつまったのかと思うほどの。

海列車《うみれっしゃ》からも、あとからあとから満員の乗客が吐きだされた。港に降りれば、もうそこは祭り会場だ。フードコートはさまざまな出店でぎっしりだ。タコ焼き、串焼き、水水肉《みずみずにく》……イベントステージでは美女コンテスト、のど自慢、デービーバックファイトなど趣向をこらした催《もよお》しでもりあがっている。スリラーバークやインペルダウンを模したアトラクションは、海賊にとってはオバケよりも怖いはずだ。カジノや闘技場だってある。

昼間から飲めや歌えの、どんちゃん騒ぎ。

うるさい海軍もいない。ここは頭を空《から》っぽにして楽しむ場所だ。だって祭りなのだから。


会場の一角に、ひときわ高い万博メインタワーが建てられていた。

塔のてっぺんから紙吹雪のようなものが舞っている。海軍の手配書だ。客である海賊の顔をバラまくのは、ちょっとしたジョークだろうか。

「すばらしい《マーヴェラス》」

ワインを飲《の》み干《ほ》すと、海賊万博の主催者はサングラスを指で押しあげ、メインタワーから会場を一望した。

もじゃもじゃの髪に無精髭《ぶしょうひげ》。服装と外見は若づくりだが顔には深い皺《しわ》が刻《きざ》まれている。年は七〇代後半。わるくいえばうさんくさい、でもお金や人脈がついてきそうな、老獪《ろうかい》でハデ好きないかがわしいジジイという印象だ。

メインタワーの最上階は指令室だ。並んだモニタには電伝虫《でんでんむし》によって中継された会場の映像がとどけられて、大勢のスタッフがイベントを運営していた。

「役者がそろってきたな」

リストをたしかめたフェスタは満足げだ。祭りのもりあがりは来場した客の〝格〟できまるのだ。

そのとき、スタッフのひとりが駆けよって、なにごとか耳打ちした。

報告を受けたフェスタはスキップする勢いで、窓辺《まどべ》から遠眼鏡《とおめがね》で会場を見おろす。

三つある運河のひとつから、ちょうど中央港にやってきた船の海賊旗をたしかめる。

——麦わら帽子のドクロ。

遠眼鏡を船首像にむける。それから指令室の壁にはっためぼしい海賊の手配書をたしかめた。

「…………！　いいツラがまえだ、モンキー・D・ルフィ」

最悪の世代と呼ばれるルーキー海賊たち。なかでも二年前、マリンフォード頂上戦争で名をあげた〝麦わら〟のルフィは〝海軍の英雄〟ガープ中将の孫にして革命軍の指導者ドラゴンの息子だ。新世界では四皇ビッグ・マムことシャーロット・リンリンとわたりあい、スイート3将星《しょうせい》最強のカタクリを倒して、ひと泡ふかせるほどの存在になった。

懸賞金一五億の男。

メインゲストの登場に、フェスタは祭りの成功を確信したのだ。

「おれの人生最後の船出を飾るグランデな祭りだ。もりあげてくれよ……！」

＊

海賊万博のメイン会場である万博島の噴火口跡は、そのまま、中央港の海をかこんだすり鉢状のスタジアムでもある。その一角に出店とイベントスペースがあり、噴火口の斜面に沿って階段状のスタンド席がぐるりと設けられていた。

超満員だ。

スタンドの一角にあるステージから、蝶《ちょう》ネクタイにサスペンダー、短パン姿のコメディアンがマイクで声をはりあげた。

「海賊諸君！　海賊万博、楽しんでいるか〜〜〜〜！」

——お〜〜〜〜〜〜〜！

スタンドから野太い歓声がかえった。声に耳をかたむけてうなずいた司会者は、会場の空気をつかむと、さらにもりあげる。

「いいか、おまえら！　わかってると思うが、この海賊万博、ケンカ、強盗、なんでもあり！　だが、ただひとつにして絶対の掟《おきて》！　この祭りのことを海軍にだけはいっちゃいけねェ……！　密告したやつァ、この場にいるすべての海賊に地獄の果てまで追われて消されちまうだろう……ひょー、おっかねェ」

ガハハハハ、と観客席がわく。まさか、そんなことするバカがいるわけがない。リスクと見かえりが割にあわない。

「自己紹介がおくれた！　おれは司会進行役、仕切屋ドナルド・モデラート！　でもってェ……アシスタントは！　みんな大好き〜〜〜歌姫アン！」

ステージ奥からあらわれたのは、そばかす顔がチャーミングな、わりときわどい衣装の美少女だった。

「よろしくお願いしまーす」

有名なトップアイドルが愛嬌《あいきょう》をふりまくと、観客席の男どもはまたちがった意味でもりあがった。ゲストの知名度からイベントの本気度を計《はか》ったのだ。

こいつは金をかけている。

「ご存じ、歌姫アンは悪魔の実の能力者！　その能力は……」

司会者は紙に描かれたなにかをアンにだけ見せた。アンは絵にふれると、フリをつけて港を指さす。

「ビジョビジョ♪　ビジョン♪」

すると彼女の指先から——空間がゆらぎ、港の上空になにかが出現した。

翼のあるトカゲ……竜だ！　巨大竜はいきなり炎の息をぶちまけた。海賊船が一隻、二隻と炎につつまれる。船上にいる海賊たちは「うわァ」「熱《あち》ィ」と悲鳴をあげた。

司会者はそこで手にした絵を見せた。そこには竜が描かれていた。

「ビジョビジョの実は、ふれた絵《イメージ》を幻《ビジョン》として出現させて動かすことができる……！　すぐ消えちゃうんだけどな」

いったそばから竜はふっと消えてなくなった。炎にまかれた船と海賊たちはなんともない。思わず熱いとさけんでしまったのは、それだけアンのビジョンが真にせまっていたのだろう。

海の秘宝・悪魔の実。それを食べたものは、このように実の種類によってさまざまな能力を身につけることができるのだ。

「さて……！　今回約二〇年ぶりに海賊万博が復活し、この万博島を舞台にしたのにはわけがある！　時は大海賊時代……より少しまえ、海賊王ゴールド・ロジャーはこの島を発見し、すげェ宝をこの地に隠したといわれている！　そして、こういい残したらしい」

――深く高い暗闇《くらやみ》に、われらの答えを葬《ほうむ》り去る。

「さぁ、諸君！　これは海賊王からの挑戦状だ！　この謎《なぞ》を解きあかし、その手に宝をつかもうではないか！　われこそはと思う者は、みな船に乗れ！」………

メイン会場の、ひと気のない裏路地。

荒い息づかいで。壁に手をついて、うなだれている海賊がいた。

「くっ………」

気分のわるくなった酔っぱらいではない。トラファルガー・ローだ。〝死の外科医〟の異名《いみょう》を持つ、最悪の世代のひとりであり、いちどは王下《おうか》七武海に名をつらねた男だった。

その彼が、鍔《つば》に毛皮をまいた大太刀《おおたち》の鞘《さや》を支えに、歩くのもやっとという姿でいた。まるで何者かからのがれようとするかのように……。

＊

「おい、サニー号に急げ！　なんか司会者がいってるぞ！」

ルフィは仲間たちを急《せ》かした。

「ほかの船はもう出てる！　大遅刻じゃんか！」

「あんたたちのせいでしょ！　宝探しの準備だけっていったのに、なに、おなかいっぱい食べてるの！」

ルフィとチョッパーを、ナミが叱《しか》った。

祭り屋台の買い食い祭りだ。ゴム人間のルフィは風船みたいにおなかをふくらませ、ちいさなトナカイのチョッパーはたくさん食べられるように毛むくじゃらの巨漢に変形していた。

ふたりとも悪魔の実の能力者だ。腕がのびたり変身したり、空を飛んだりしたくらいでおどろいていては、この世界ではやっていけない。

「って、おまえもだ、ナミ」

ナミが手にした一〇段重ねアイスクリームとショッピング袋に、ウソップはいちおうツッコミを入れておいた。

メイン会場をおとずれた麦わらの一味は、みんなで海賊万博を満喫《まんきつ》していた。めずらしい食材と料理を目で味わい、利《き》き酒《ざけ》セットをちびり、ジャンク屋でパーツを漁《あさ》り……出店で、ふだんなら見むきもしないガラクタ人形を思いつきで買ったり、はやりのファストファッションの店で思い思いの服に着替えまで。

出おくれた麦わらの一味だったが、海賊王の宝探しははじまったばかりだ。そもそも、べつにレースをするわけでもあるまい。

ルフィたちは港に係留した〈サウザンド・サニー号〉にもどった。

「……にしても、このもりあがり！　こいつは本物だぜ！」

ウソップは興奮した。

海賊王ゴールド・ロジャーとは、そういう存在なのだ。彼が遺《のこ》した宝が、この島に眠っている。海賊万博の主催者ブエナ・フェスタという男のことはよく知らないが、興行師として当代一流であるのはまちがいなかろう。

ウソであれ本当であれ、本物であると信じさせることだ。煽《あお》るのがうまいのだ。

「楽しみだな！」

腹ごなしのすんだルフィは、これからはじまる冒険の宴にわくわくした。

「安心しろ！　宝はかならずこのウソップ様が獲《と》る！　やるぞ、チョッパー！」

「おう～！」

「ま……」

「つきあうしかねェな」

ゾロとサンジも、まんざらでもない感じで。

「サニー号は、いつでもオッケーだ！」

船大工兼操舵手《そうだしゅ》のフランキーがゴーサインを出した。

「でも、あつまった海賊を見るかぎり……」

ロビンがつぶやく。麦わらの一味では、いつだって女子のほうが冷静だ。

「やばそうな方々がウヨウヨしてますね」

ブルックがいったように、海賊船の旗印を見れば懸賞金億超えクラスが並んでいた。

強敵ばかりと聞いてウソップはびびった。この海賊万博は、いいいいい、なんでもありなのだ。

「うっ！　持病の〝海賊王のお宝を探してはいけない病〟が……」

「なつかしいな、おい」

＊

「てめェら、いったいなにやってんだ！　ハデハデ野郎どもめ！」

赤鼻の海賊バギーはドヤした。

「あたしじゃないよ！　こいつのせいでしょ！」

「なんでわたしなんだガネ！」

仲間の女海賊アルビダとMr《ミスター》・3《スリー》ことギャルディーノが、マントをひるがえして凧《たこ》みたいに空を飛んでいくバギーのあとを追って走る。

「ハデにうるせェ！　早く、あいつを見つけろ！」

「この海賊万博の警備責任者はあんたじゃないか、バギー！」

「そう！　警備責任者はこのおれ様！　泣く子も黙る王下七武海！　伝説を生きる男〝千両道化〟のバギー様だ！」

バギーはイキった。

彼が経営する海賊派遣《はけん》組織バギーズデリバリーにとって、海賊万博はでかいビジネスチャンスだった。主催者ブエナ・フェスタからの依頼は会場内の警備。すると案《あん》の定《じょう》、メインタワーに不正に潜入しようとした者がいた。

「警備に派遣した海賊二〇〇人もいて、ネズミ一匹捕まえられないとは……！　あの、お祭りジジイからの報酬《ほうしゅう》がへっちまうぜ！　ドハデに捜《さが》せェ！」

傷ついたトラファルガー・ローは息を荒げた。

「想像以上にヤバい……ヤバい事態になりそうだ」

海賊万博のことは海軍、世界政府には他言無用といっているにもかかわらず、その主催者が七武海のバギーを雇《やと》っている。

そしてメインタワーにつづく地下道で、潜入したローが出会ったのは想像だにしなかったヤバいやつだった。

「………！　麦わら屋……！」

ライオンの船首像。路地のむこうに見知った船を見つけたとき、追っ手の声があがった。

「ああー！　見つけたぞトラファルガー・ロー！」

「！」

ふりあおぐと、頭上にマントをひるがえした男が浮かんでいた。バギーだ。

この場は、とにかく逃げだ。

「〝ROOM《ルーム》〟……」

見えない光のドームがローの周囲に出現する。

ローはオペオペの実の能力者だ。彼は〝ROOM〟と呼ぶ球状の特殊空間を発生させ、その内部を手術室《オペ》として支配できる。切断、摘出《てきしゅつ》、縫合《ほうごう》、移植といった外科処置が可能で、能力を応用することでさまざまな現象をおこせる。

たとえば〝ROOM〟内にあるおみやげの人形と、自分の位置をいれかえることも。

――〝シャンブルズ〟！


「どえっ！」

路地裏にダイブしたバギーは、地面に激突した。

あとから来たアルビダとMr．3が、忽然《こつぜん》といなくなったローの行方《ゆくえ》を捜す。

「消えた……？」

そこには出店で売られている人形が一体、身代わりにころがっているだけだった。

＊

海賊がひしめくスタンド席のもりあがりをよそに、フードコートには、のんびりと祭りを楽しもうという連中があつまっていた。

「海賊万博……本当に、これほどの海賊があつまるなんて」

息をひそめて話す女――ハデな飾りの提督帽《ていとく》を脱いだのは海軍本部大佐たしぎ、そして、テーブルのむかいで新聞を読むコワモテのニイちゃんはスモーカー中将だった。

ふたりは海賊に変装して万博会場に潜入していた。

「即刻、全員逮捕だ！　と、いいてェが……」

「スモーカーさん……！　われわれの本命は、この海賊万博の元締《もとじ》め〝祭り屋〟ブエナ・フェスタ、ロジャー時代の大物海賊です」

「おまけにこいつもだ」

スモーカーは折れて穴の空《あ》いた古い手配書を出した。

DOUGLAS BULLET……懸賞金の欄は一部が破れてしまっていたが、もちろん億の桁《けた》だ。

「LEVEL6〝最悪の脱獄囚〟……ダグラス・バレットがフェスタと組んでいるとなると、いよいよただの祭りじゃねェ……ん？」

ズズンッ…………！

会場を、突然の海鳴りが襲《おそ》った。

＊

「なんだなんだ？」

異変を感じ、ルフィはサニー号の舳先《へさき》から海面をのぞきこんだ。

「ちゅ、ちゅ、ちゅ、中止の合図⁉」

「ちがう、これは……海流が」

おろおろするウソップをよそに、航海士のナミは天性のセンスで潮の流れを察する。

万博島の中央港。噴火口跡の水底《みなぞこ》から、なにかが……せりあがってくるのだ。

『――なんと！　これは大変なことがぁっ！』

司会者の実況がスピーカーで会場内に響きわたった。

中央港の海が栓《せん》を抜いた洗面台の水みたいに回転しはじめた。海底深く、深く……その深層までつながった渦《うず》となって。

『諸君！　さっきの言葉を思いだせ！　深く高い暗闇に……！』

『われらの答えを葬り去る……！　でも高くってどういうこと？』

歌姫アンの疑問に、海はすぐ答えを知らしめた。


ヴァッ！　ヴァッ……ボボボボボボボボボッ…………！

巨大な水柱が立ちあがった。島の下から垂直に突きあげた海流は、万博島の特殊な地形で増幅されて劇的な自然現象を生じる。

『これは……そうか！　深海の闇から、はるか天空へと昇る……！』

突きあげる海流《ノックアップストリーム》！

深く、光もとどかぬ深層から、高く、雲のある空まで。万博島のメイン会場に巨大な水柱が噴《ふ》きあがった。

さらに、水柱は驚くべき変化を観客たちに見せつける。

パァアアアアンッッッッ！

『島……島ァ⁉　島がまるごとおさまった〝シャボン〟がァ！』

新世界をおとずれた海賊であれば知っている。深海の魚人島《ぎょじんとう》をくぐりぬけるとき、水圧に耐えるために船をヤルキマン・マングローブの樹脂《じゅし》のシャボンでコーティングする。

ノックアップストリームの奔流《ほんりゅう》のなかに、なんと中央港とほぼおなじサイズのシャボンが出現したのだ。巨大シャボンの内部には岩盤のカタマリ……ちいさな島が見えた。

『きれ〜い！』

歌姫アンがうっとりした。それは幻想的な光景だった。会場じゅうにちいさなシャボンと水飛沫《みずしぶき》を吹きあげながら、巨大シャボンにつつまれた島は虹と水柱のなかを上昇していった。もちろんビジョビジョの実による幻《まぼろし》ではない。

『これは……もう、まちがいない！　海賊王ロジャーが隠した宝の答えはあれだァ！　あのシャボンのなかの島こそ、まさに宝島！　さァ海賊諸君……！　あのノックアップストリームの頂《いただき》にある宝島まで、どうやってつきすすむ？』

　司会者ドナルドは海賊たちを煽る。

　だが、つきすすむといっても……めざす宝島はノックアップストリームの頂に達している。数百メートル上空だ。いったい、どうやって船で……？

「――ザコはどいてろ！　ジャマだ！」

　そのとき、ノックアップストリームに果敢《かかん》に舳先をむけたのはユースタス・キッドの〈ヴィクトリアパンク号〉。最悪の世代のひとりで、新世界でも〝赤髪《あかがみ》〟シャンクス、〝百《ひゃく》獣《じゅう》〟カイドウ、〝ビッグ・マム〟シャーロット・リンリンら四皇勢力にケンカを売ってきた武闘派の急先鋒《きゅうせんぽう》だ。戦いのなかで隻腕《せきわん》となったが、いかつい機械の義手をつけている。

『おお！　口火を切ったのは最悪の世代・キッド海賊団！　船長ユースタス・〝キャプテン〟キッドと相棒の殺戮《さつりく》武人キラー、ともに参戦だァ！　さぁ、もりあがってきた海賊万博！　これはもう……え？　いや、アンちゃん？』

『いや、これはもう海賊王ゴールド・ロジャーのお宝争奪戦争スタートだァ〜〜〜〜！』

　歌姫アンは横からマイクを奪ってノリノリで実況をもりあげた。

シャボンの宝島が頂上に達したところで、ノックアップストリームはいったん安定した。渦をまき、高さは一定のまま勢いをたもっている。〝偉大なる航路《グランドライン》〟をわたってきたいっぱしの海賊であれば、この竜巻のごとき水柱のなかに、危険な、唯一《ゆいいつ》の航路を見いだすことはできたはずだ。

「キッド、こんな遊びにつきあうのか？」

「ハハハ、遊びねェ」

相棒のキラーに、キッドは応じる。

「アッパッパー！」

猛追してきたのはスクラッチメン・アプー、こちらも最悪の世代だ。

『――リズミカルな操船で！　オンエア海賊団の〈ステイチューン号〉！』

「そんなに急ぐなYO！　……YO!?」

手長《てなが》族は腕の関節がひとつ多くて肘《ひじ》がふたつある。アプーの歯はピアノの鍵盤、胸は打楽器、腕は管楽器と、体のあちこちが楽器になるワンマンオーケストラ人間だ。

先行しようとしたアプーだったが、その舷側《げんそく》を巨大な影がおおった。

ドドンッ！

一斉砲撃。黒く塗られた軍艦にドクロの旗は掲げられていない。

『──ああ～っとォ！　ドレーク海賊団がぬけだしたァ！　こちらも最悪の世代、元海軍本部少将X《ディエス》・ドレークの〈リベラルハインド号〉がキッドにせまる！』

「ふん……〝海鳴《うみな》り〟に〝赤旗《あかはた》〟か」

キッドは追走してくるライバルたちを一瞥《いちべつ》した。

『さらに！　最悪の世代の紅一点！　〝大喰《おおぐ》らい〟のジュエリー・ボニーだ！』

「ピザ、おかわり！　……わっ⁉」

買いこんだ屋台飯をはしたない姿で食っているボニーの〈ジュエリー・マルゲリータ号〉に、だれかがぶつけてきた。

「道を開けておくんなさい、お嬢さん」

『つっかけたのは破戒僧海賊団《はかいそう》〝怪僧《かいそう》〟ウルージの〈般城丸《はんじょうまる》〉！　おおっと、そこに容赦《ようしゃ》ない砲撃だ、ファイアタンク海賊団カポネ・〝ギャング〟ベッジの〈ノストラ・カステロ号〉！　占っている場合か、ホーキンス海賊団バジル・ホーキンスの〈グラッジドルフ号〉！』

「兵力がちがう」

「迎撃成功率七五パーセント……」

紹介が追いつかない。最悪の世代そろい踏みだ。海賊万博はとんでもない面子《メンツ》による戦

いの場になった。

『二年前〝超新星〟と呼ばれた海賊たち！　それにつづくのは……きゃ？』

『――アンちゃん、おれにも紹介させてくれ！』

実況マイクをとりかえした司会者ドナルドが、二番手グループを紹介する。

「いちばん目立つのは、このぼくだ！」

「ルフィ先輩を全力で援護するべー！」

白馬の船首像は〈眠れる森の白馬号〉、麦わらのルフィを模した船首像は〈ゴーイングルフィセンパイ号〉。

ドレスローザ王国の事件とドンキホーテファミリーの壊滅《かいめつ》にあたり、縁あって麦わらの海賊旗のもとにあつまった海賊たちがいた。その総勢約五六〇〇人以上、七〇隻からの大勢力だ。

ルフィの生《い》き様《ざま》に共感し、大頭《おおがしら》として勝手に子分盃《こぶんさかずき》を受けた彼らは〝麦わら大船団〟を構成していた。ここぞというときには助けあうのだ。

『最悪の世代にせまるのは美しき海賊団・ハクバのキャベンディッシュ！　バルトクラブ・人食《ひとく》いバルトロメオ！　そして……』

麦わら大船団のあとには、あやしげな雰囲気の船が二隻つづいていた。

フォクシー海賊団！　そして海賊となったドラム王国の前王ワポル！　いずれも、かつてルフィと争った相手だ。

『………以下、後続の海賊たち！』

「くォらァっ！」「ちゃんと紹介しろー！」

やっつけ気味にその他大勢あつかいを受けたフォクシーとワポルは、ずっこけながら脱落していった。

＊

『――圧巻です！　ごらんください、ノックアップストリームを駆けあがる海賊船のデッドヒート！　この戦いの模様は映像電伝虫を通じて、会場内のモニタからもご観覧いただけます！』

変装したスモーカー中将とたしぎ大佐は、フードコートに設置されたモニタで、最悪の世代をはじめ賞金首たちの姿をたしかめていた。

「あの島に海賊王の宝が……？」

たしぎは眼鏡をくいっとあげてノックアップストリームを見あげる。いったいロジャーの宝とは……真偽もふくめて、まったく想像もつかない。

——おらァ！　本気でぶっちぎれェ！

——キッド！　てめぇに一〇〇万ベリー賭《か》けてんだ！

海賊どもは酒をあおりながら、お宝争奪戦の結果について賭けに興《きょう》じていた。まったく腹立たしい光景だ。

スモーカーは立ちあがった。

「バカ騒ぎはまかせた。状況は電伝虫で報告しろ」

「え……？　どこへ」

「この騒ぎに乗じて主催者《やつ》のアジトに潜《もぐ》る」

この祭りは、なにか臭《にお》う。裏がある。

主催者ブエナ・フェスタと脱獄囚ダグラス・バレットの計画をさぐるのだ。スモーカーは行動に移った。

＊

絶え間ない水飛沫、ノックアップストリームに耐えきれず砕け散った海賊船の残骸《ざんがい》が降りそそぐなか、ルフィと麦わらの一味はおくれてなるかとペースをあげる。

「よし！　行け、フランキー！」

「まかせろ！　こんなときのための、とっておきがある！」

ガシンンンンッ！　サニー号の秘密兵器が景気よくお目見えだ。

「――楽しい元気な頼れるアニキ！　フランキ～～～〈サウザンド・サニー号〉〝フライングモデル〟〝皇帝ペンギン仕様〟ッッッ！」

サニー号は変形する。舷側《げんそく》から翼が広がり、ライオンの船首像はくちばしのあるペンギンになった。

「かっこいい～～～！」

ルフィ、ウソップ、チョッパーの男子たちは変形メカに目を輝かせる。

「帆をたたんで！　一気にまくるわよ！」

ナミが指示した。

ノックアップストリームの水柱は、万博島の特殊な地形ゆえか渦をまきながら上昇している。その水の回転に沿って、水柱をとりまく螺旋《らせん》階段のような水の流れがあった。ほかの船はその螺旋状の航路をぐるぐるまわりながら、頂上にある宝島をめざしている。

「待てこらクソゴム～！」

「？」

背後から、どこかで聞いた声と顔がせまっていた。

「ひさしぶりだな麦わら！　あいつをわたしやがれ！」

「あ、バギー」

千両道化のバギーと〈ビッグトップ号〉だ。船には女海賊アルビダ、Mr.3ギャルディーノ、モージ、カバジなど、ルフィにとってはなつかしすぎる面々がそろっている。

わたせ？　あいつ？

なんのことかわからない。……でも、バギーのいうことは、だいたいスルーしておけばまちがいない。

「いくぞおまえら！　〝風来《クー》・《ド》バースト〟！」


この船は、空を飛ぶのだ。

〈サウザンド・サニー号〉はコーラ三樽《たる》ぶんのエネルギーを船尾から噴出する。

船を飛ばすほどの爆発的なエネルギーは、すべて、うしろにいた連中にぶつけられた。

「どわァ～～～～～～～～～～～～～！」

バギーもろとも〈ビッグトップ号〉はふっ飛ばされた。

『──なな、なんとォ～！　どん尻《じり》から一気にまくってきたのはっ！　いまや！　この海に知らぬ者なし！　懸賞金一五億のあの男！　モンキー・D・ルフィ！』

『麦わらさん、応援してまーす！』

司会者コンビが仕事を忘れて興奮する。

「うわァ～～～～！　ルフィ先輩、かっこよすぎんべェえええええ！」

「ぼくより目立つな！」

バルトロメオとキャベンディッシュをぬき去り、麦わらの一味は空からトップグループを追いかけた。

*

ブエナ・フェスタは、万博メインタワーの指令室からレースのようすをモニタで確認すると、席を立った。

専用エレベーターでむかったのは島の地下だ。

ライトを手に、肩をいからせ足を蹴るように歩く。

天然の洞窟《どうくつ》を利用した秘密基地《アジト》だ。

ボードには万博島の特殊な地形やノックアップストリームについての調査結果が。机には計画書が散らばっている。めぼしい海賊の手配書、とくに最悪の世代については能力、戦闘力についても細かいデータが裏にメモされていた。床には……空《から》の酒瓶《さかびん》の山と葉巻の灰。こんな暮らしをしていれば体はボロボロだった。あの白ひげでさえ老《お》いには勝てず、いまの彼よりも若く死んだ。

主催者、興行主、プロデューサー……呼び名はどうあれ、それは金をあつめて仕事と人をころがす仕事だ。そのことにフェスタは矜持《きょうじ》——〝祭り屋〟のプライドがあった。死んだことにされた、世間から忘れられた彼にはもう、それしか残っていなかったのだ。

アジトの洞窟の奥には、彼のフェスティバル海賊団の旗がひっかけられていた。その下の椅子《いす》に、今回の興行に抜擢《ばってき》した真の主役が座っている。

「首尾は上々だ。ネズミが一匹ここに来たらしいが……最悪の世代、トラファルガー・ローだ」

フェスタは告げた。

暗闇のなかで、男のするどい眼光がフェスタを射貫《いぬ》く。

男は役者ではない。見世物の格闘家や野獣でもない。だが、まちがいのない本物だ。

「…………」

「さて、バレット。おまえさんの野望をはじめないとな」

電伝虫を手に、フェスタはスタッフにつぎの指示を出した。

＊

砲撃戦をくりひろげながらレースの先頭争いをする海賊たち――その頭上を、翼の生《は》えたペンギン船がよぎって追いぬいていった。

「？」

さすがの最悪の世代たちも意表を衝《つ》かれる。

『――一気にトップにおどりでた！　麦わらの一味ィいいいい！』

司会者がさけぶ。はるか眼下のスタンド席から、わぁっと歓声が追ってきた。

トップをゆずったキッドは、いまや懸賞金でも図抜けた存在になったルフィに対してあからさまにムカつきながらも、祭りらしく笑った。

「おもしれェじゃねェか、麦わらァ……！」


着水――ナミがすぐに操船指示を出す。ウソップは船ごと空中分解なんてことにならなかったことに安堵《あんど》した。

「フランキー！　最高だァ！」

「ったりめェだ！　サニー号は最高の船だぜ！」

操舵手は船長に応じた。

「よーし！　ぶっちぎれー！」

ごきげんのチョッパーが無邪気《むじゃき》にはしゃぐ。

「けっこうひきはなしはしたが……おまえら、うしろからの砲撃にそなえとけ」

サンジが、ルフィを誘って船尾にむかう。座っていたゾロも腰をあげた。

と、そのとき船室の扉がガチャッとひらいた。

ロビンもブルックも、仲間たちは全員、甲板にいる。では、いったい……？

「ああっ、トラ男！」

ルフィが声をあげた。

「麦わら屋……」

船室からあらわれたのは、顔見知りのトラファルガー・ローだったのだ。

なにかと麦わらの一味と縁の深いこの男も海賊万博をおとずれていた。だが、この〝死の外科医〟は……深手を負っているではないか。

「救急箱〜」

船医のチョッパーが船室に駆けこむ。ロビンが不意の来客を気づかいながらたずねた。

「トラ男《お》くん。いったいなにがあったの？」

「治療は必要ねェ……すぐに行く。乗せてもらった礼に教えてやるが、おまえら……すぐ、この島をはなれろ。フェスタは……」

「フェスタ……海賊万博の元締めの？」

「ブエナ・フェスタだけじゃねェ。やつら、なんかとんでもねェことを……ハートの海賊団《うち》の連中はなんとか逃がしたが、ここは戦場に、うっ……」

手傷を負ったローの話はやや混乱していたが、その表情から、ただならぬ空気を察する。

「おいおい、いきなりなんだよぉ……」

ウソップはお祭り気分もふき飛んだ。元七武海が深手を負うなんて、ヤバい話にきまっている。

「トラ男！　だめだよ安静にしてなきゃ！」

救急箱を持ったチョッパーがもどってきた。

そもそも、なぜローはこの船に乗っていたのか。

会場でバギーに追われていたローは、オペオペの実の能力で瞬間移動したのだ。たまたま近くをとおりかかったサニー号にあったもの——出店で買ったおみやげのガラクタ人形と、自分の位置を交換した。さっきバギーがいっていた。「あいつをわたしやがれ！」とはローのことだったわけだ。

「じゃましたなトナカイ屋……これはおれがさぐっていた問題……」

立ちあがったローだったが、よろけて船べりに手をついてしまう。

「どこへ行くのよ、そんな体で……」

「やつらに……礼をしに」

ローがナミに答えたとき、衝撃とともに水飛沫があがった。

砲撃。

「うわァっ～！　うしろのやつら、もう追いついてきやがった！」

ウソップが声をふるわせた。キッド、ドレーク……追いぬきざまにたしかめたが、最悪の世代の連中が勢ぞろいしている。

フランキーの操船で直撃は避けているが、このままでは……。

「このまま、すすむ」船長のルフィは決断した。「けど、トラ男もほっとけねェ。チョッパーたのむ」

「わかった！　おれはトラ男についてる」

「おい……！　おれは行くぞ」

「なら、わたしも行くわ」

治療はいらないといいかけたローの声にかぶせて、ロビンが同行を申しでる。

ローはフェスタのアジトに潜入失敗したあと、警備を請《う》け負《お》っていたバギーに追われていた。

「七武海のバギーが動いているということは、海軍だって、この海賊万博のことを把握《はあく》していてもふしぎじゃないわ。そして、やつら……フェスタだけじゃないっていうことは、つまり組織的な取引や抗争が裏で動いているということ」

　ロビンは事実を列挙して分析した。

　バギーは王下七武海、海賊を狩る海賊だ。七武海は世界政府から海賊相手の略奪行為を認められていて、その代わりに一定の金額を納めるほか、世界をゆるがすような非常時には招集されて、政府側で戦うように求められる。

　また七武海という特権的立場を利用してビジネスをおこなうこともあった。バギーであれば海賊派遣組織バギーズデリバリーで、インペルダウンの脱獄囚を中心とした海賊たちを顧客《こきゃく》との契約で派遣している。

「――もし、この海賊万博になんらかの罠《わな》があるのだとしたら。それはたしかにトラ男くんだけの問題じゃない。わたしが調べに行くわ」

「じゃあおれはロビンちゃんのボディガードに」

「調査……隠密行動でしたら、わたしもお供します」

サンジとブルックが手をあげた。航海士と操舵手、戦闘員の剣士、もちろん船長は船に残る。これでチーム分けがきまった。

「わかった！　おもしれェことになりそうだ！」

「やべェことだろ……」

ウソップは、どっちのチームにつこうか迷っていたが、結局、船に残ることにした。

「海賊王のお宝と関係あるかもしれないし、しっかりね」

「了解ナミさん！」

「よろしくな、トラ男！」

「………。勝手にしろ」

ルフィと一味の、こういうノリを知っていたローは、あきらめたように同意した。

「手分けして別行動なら、あれを出すぜ！」

フランキーは舵輪《だりん》についたスイッチを操作した。

＊

小型潜水艦〈シャークサブマージ3号〉がサニー号から分離、発進した。

乗っているのはサンジ、チョッパー、ロビン、ブルック、そしてローの五人だ。チョッパーはちいさくてブルックは骨だけとはいえ、狭い船内はキツキツだ。

「どわァああ！　どうすんだこれェ！」

「死んじゃいます〜〜〜！　あ、わたし死んでましたけど〜〜〜！」

わりと後先考えず飛びだした〈シャークサブマージ3号〉は、ノックアップストリームをとりまく螺旋水路のコースを貫通しながら、ほぼほぼ自由落下《フリーフォール》していた。こうでもしないと激しい水流に逆らっておりることができないのだ。

サンジが操縦桿《かん》を握るが、この状態で操船などできるわけがない。そうこうしているうちに万博島が近づいてきた。

真下には……万博会場の中央港！　この高さから落ちれば水面だろうと地面だろうと船ごと木っ端《こ》微塵《ぱみじん》だ。

「……………！　〝千紫万紅《ミル・フルール》〟！」

ロビンが彼女の能力を発動する。ハナハナの実は、自分の体の好きな部位を、好きなところに、好きなだけ〝咲かせる〟能力だ。生えてきたのは〝手〟――千万を数える女の手が〈シャークサブマージ3号〉の船体から左右に分かれてなにかを形づくっていく。

翼だ。

ロビンの手のひとつひとつを羽として、鳥の翼が小型潜水艦に生えた。

はばたき——さすがに鳥のように飛ぶことはできないが滑空はできる。ノックアップストリームからはなれて、その周囲を螺旋降下しながら〈シャークサブマージ3号〉は着水、その直前ロビンは能力を解除し、潜水艦はそのままザブンと海中に潜った。

「ふぅ……助かったぜ、ロビンちゃん」

サンジは息をついた。

『——ぶじか？　なんかあったら、この電伝虫に連絡をくれ！』

「了解」

電伝虫ごしに、ロビンはサニー号にいるウソップに返信した。

「応急処置はできたけど……」

救急箱を手にしたチョッパーは、まだローの容態《ようだい》が心配だ。

「急ぐぞ。行き先はこの島の地下……ブエナ・フェスタのアジトだ」

2
STAMPEDE
DEAD OR ALIVE
STAMPEDE 2 STAMPEDE 2 STAMPEDE 2 STAMPEDE 2 STAMPEDE 2 STAMPEDE 2 STAMPEDE 2 STAMPEDE 2

万博島の中央港に出現した突きあげる海流《ノックアップストリーム》の螺旋《らせん》コースを舞台にした、海賊船デッドヒートは大詰めをむかえていた。

ルフィと〈サウザンド・サニー号〉は、ライバルたちと砲撃戦をくりひろげながら、なおも先頭をつっ走った。

「くぅ……見えた！　てっぺん！」

ナミがゴールの気配を感じる。ノックアップストリームの頂《いただき》に、シャボンにつつまれた宝島がある。

「どどっ！　どーなっちまうんだァ〜！」

「このままつっこめ〜〜〜〜！」

勇ましいルフィの声もろとも、サニー号は砕け散っていく水柱の頂上部につっこんだ。

一瞬、あたりが水飛沫《みずしぶき》と泡につつまれたあと——船は宙に躍《おど》る。

空。

まっ青《さお》な風。翼をひろげた皇帝ペンギンモードのサニー号は太陽にむけて——

ガクッ
と船首をたれた。ふつうは船もペンギンも空は飛べないのだった。
でも、船首像《フィガーヘッド》に立ったルフィの表情は、すぐに笑顔になった。
〝宝島〟だ……！

『――先頭集団！　ノックアップストリームをのぼりきった〜〜〜！　空に舞いあがった海賊船！　つぎつぎと！　こんな光景、見たことがないぞ〜〜〜！』

映像電伝虫《でんでんむし》による中継が下の会場にも伝わっているらしい。司会者ドナルドは声をはりあげた。

サニー号につづいて最悪の世代たち、そのほかの生き残りの海賊船もノックアップストリームを走破、大空に舞いあがる。

そして落ちる。巨大シャボンにコーティングされた宝島は、いまや彼らの眼下にあった。

サニー号はシャボンの表面に激突、ぼよんとバウンドしたあと、もういちど落ちた。そこからズブスブとシャボンのなかに沈んでいき、ついに内部へと侵入する。

『宝島にいちばん乗りは……やはり、麦わらの一味だァあっ！』

サニー号は宝島の湖に着水した。

あたりは緑多い森で、ちいさな空島《そらじま》を思わせる。するどく切りたった崖《がけ》が湖にせりだしていて、その頂上になにかがある。

『――おォおお、ななな、なんと！　宝島の崖に横たわるのは巨大なガレオン船！　それは、まさか……！』

脚本があるみたいになめらかな実況だ。崖の上のガレオン船には、湖から見あげてわかるほど、金銀財宝がうずたかく山になっていた。

『ガレオン船には大量の金銀財宝だァあああ！　とんでもない展開になってきた！　ありがとうゴールド・ロジャー！』

「うォおおおおお！」

「金銀財宝！　宝船♥」

ルフィたち、なかでもお宝大好きナミは目をお金マークにして輝かせた。

これは……祭りだ。ガッポガッポだ。心がフェスティバルだ。

ザバババババババ――

サニー号の両舷《りょうげん》に水飛沫があがった。ライバルたちの船もつぎつぎ湖に着水する。

「獲《と》られてたまるかっ！」

ルフィとゾロが宝島に上陸する。

「あの、ちいさな宝箱……」双眼鏡をのぞいたナミは、崖の上のガレオン船の甲板《かんぱん》に積まれたお宝をつぶさに観察した。「ほかの宝物はピカピカだけど、あれだけ妙に古い……あやしい臭《にお》いがプンプンするわァ！」

ナミのお宝への並外《なみはず》れた嗅覚《きゅうかく》は、たったひとつしかない本物を見のがさなかった。

「宝箱？」

「そう！　財宝のなかに、ひとつだけちいさな古い宝箱があるの！　きっと海賊王のお宝よ！」

考えてみれば、あの海賊王が隠すほどの宝が、ただの金銀財宝であるわけがない。

「よーし！　おまえら獲ってこい！」

「あんたも行きなさいよ！」

ナミに怒鳴られて、ウソップはたじろいだ。

「お、お、おれは〝狙《そ》撃手《げきしゅ》〟！　〝援護〟が花道だ！」

「怖いだけでしょ」

「うっ……」

——お宝を奪《うば》えェ～～～！

ノックアップストリームを突破、宝島にたどりついた精鋭《せいえい》の海賊たちは、ガレオン船のある崖へと殺到していた。

『さァ、お宝争奪戦は最終ステージに！　各船、砲撃の飛びかうなか、いよいよ船長たちが出てきたぞォ～～～！』

みな、それぞれの船長を先に行かせるために突破口をひらこうとしている。

「…………！　先に行け」

「わかったァ！」

ゾロに応《こた》えると、ルフィは砲弾の雨のなかをガレオン船にむかってアタックした。その直後、

ガギィイイイイッ！　ンッッッ！

あたりの海賊どもを薙《な》ぎはらいながら襲《おそ》いかかった危険な一撃を、ゾロは三本刀で受けた。

空の宝島は、ふたりの激突に耐えきれず鳴動する。

「……よってけ。おれが相手だ」

「〝海賊狩り〟……！」

ゾロ、そして対するはキッド海賊団の戦闘員キラーだ。ともに、ルーキー海賊団の配下としては傑出《けっしゅつ》の〝億超え〟懸賞金をかけられた同士だ。

宝島の崖をテンポよくのぼっていたルフィだったが、敵意を感じて空中で身をひるがえした。

「〝爆《ドーン》〟！」

〝海鳴《うみな》り〟スクラッチメン・アプーだ。その実の名はまだ謎《なぞ》だが、とにかく体を楽器にして、音で、爆破攻撃をしかけてくるやっかいな相手だ。

「アッパパッパッパッパ！」

「なんだ、おまえ」

ルフィはムカッとしたが、手長《てなが》族のアプーは彼独特のリズミカルなノリで応じる。

「おめェのいかれYOには♪　迷惑してるぜ」

賞賛ともつかない言葉を発すると、アプーはルフィを跳《と》びこえた。

「！　おい待て！　宝はおれが獲る！」

「あばよ！　つぶしあってろバカ野郎ども」

つづいてルフィを追いこそうとしたのはユースタス・〝キャプテン〟キッド。小競《こぜ》りあいをしているライバルたちを尻目《しりめ》にぬけがけを狙う。

グアッ！　ガキィイイイ！

四本刃の戦槌《せんつい》――剣呑《けんのん》な武器が襲いかかった。キッドは左腕の義手でかろうじて受ける。

さらに海軍式サーベルの二刀流で追撃される。

「……死にてェらしいな」

「これは奪いあいだ。ジャマして当然」

横槍《よこやり》を入れたのは〝赤旗《あかはた》〟X《ディエス》・ドレークだ。最悪の世代はとまらない。

ゴゴゴゴゴ…………！

キッドの腕に、あたりに散らばったモノ――海賊たちの武器や鎧《よろい》、あらゆるモノがあつまっていく。その悪魔の実の能力は――

「そこどけ、おまえら！　ゴムゴムのォ～～～〝巨人の銃《ギガント・ピストル》〟！」

一触即発となったところで、ルフィは骨風船で巨大化させたゴムの拳《こぶし》でぶん殴《なぐ》り、まとめてライバルたちをぶっ飛ばした。

『――これは壮絶《そうぜつ》な争奪戦になってきたァ～～～！　海賊王のお宝を奪い、勝ちぬけるのはいったいだれだ～～～！』

「兵力差で、おれの圧勝だ」

カポネ・〝ギャング〟ベッジは能力を解放する。彼はシロシロの実の城人間だ。城塞《じょうさい》と化した体から多数の部下を出現させたベッジは、ライバルたちを圧倒的兵力で掃討《そうとう》する。

ダダダダダダダ……ッ！

「じゃまだァ～！」

ジュエリー・ボニーの能力は魔法のようで、ふれたものを赤子や老人にしてしまう。ベッジの兵士たちを無力化すると、先を急いだ。

「てめェ！　よくも！」

「あっはっはは！　ケッサクだな！」

そんな大乱戦のなか、バジル・ホーキンスはいつものように占いをしていた。

「強奪《ごうだつ》成功率四〇パーセント……」

そんな最悪の世代たちの壮絶な争いを物陰《ものかげ》から見ながら、宝島に到着したバギーの一味は、どうしたものかと考えていた。

彼らの仕事は会場警備だ。主催者のアジトに不法侵入したトラファルガー・ロー以外に用はなかった。だいたい、こんな戦いにかまっていたら命がいくつあってもたりない。

「だが……ここまで来たら警備よりお宝だぜ！」

ロジャーの遺産に興味がないわけがない。バギーの視線は崖の上のガレオン船にむけられた。

＊

一方、別行動チーム。〈シャークサブマージ3号〉で海に潜《もぐ》ったサンジ、チョッパー、ロビン、ブルック、そしてトラファルガー・ローは万博島の地下洞窟《どうくつ》に上陸していた。

「見まわりの服装は、海賊万博のスタッフ……」

ロビンが行く手をうかがう。

そこは天然の洞窟を利用した施設だった。ローの情報では、死んだことになっていたブエナ・フェスタが、密《ひそ》かに海賊万博の計画を練《ね》っていた場所だという。

「この奥が、やつの隠れ家《アジト》だ……気をつけろ。さっきはここで、いきなりしかけられた」

ローがうなる。しかけられた……つまり何者かに襲われた。そして、これほどの深手を負わされて撤退《てったい》させられた。ハートの海賊団の船は潜水艦だったので、仲間は逃がすことができたのだ。

「ここで、なにが暴れたんだ？　トラ男《お》……」

チョッパーはたずねる。洞窟内には生々しい破壊の跡《あと》があった。

すすもうとしたサンジの腕を、ローがつかんでとめる。

見あげると……

天井の石柱に映像電伝虫がいた。監視カメラだ。いったん壁際《かべぎわ》の死角に身をよせて退避する。

ブゥ…………

「あ」

「！　くせェぞ、ブルック！」

青鼻のトナカイは鼻を曲げた。緊張のせいでブルックがオナラをしてしまった。このガイコツ人間は、骨だけのくせに、ゴハンは食べるしウンコもすれば屁《へ》もこくのだった。

「ヨホホ……！　これは失礼」

「静かにしろ……！」

サンジがどやしつける。それからロビンを見た。この先は、忍びこむことはできそうにない。であれば彼女の出番だ。

「そうね」

うなずくと、ロビンはハナハナの実の能力をつかう。

「では、わたしも……」

ブルックも汚名返上とばかり、ヨミヨミの実の能力を発揮した。

ロビンは自分の耳を、洞窟の奥の敵のアジトに咲かせる。ブルックは骨から幽体離脱、魂《ソウル》だけの姿になって、ふわふわ洞窟の奥にむかった。映像電伝虫に映るのかはわからないが、これなら、ただの怪奇心霊現象にしか見えないだろう。


——はっはっは……大丈夫、あんたら金主に害はおよばないさ。

すべては順調……計画どおり、この島に〝バスターコール〟を誘発する。…………


「…………ッ！」

咲かせた〝耳〟で盗み聞きをしたロビンは、その……彼女にとっては故郷オハラを滅ぼした幼いころの悪夢そのものであるコールサインを耳にして、ぞっとする。

「ロビンちゃん……？　どうした」

「んが！」

幽体離脱していたブルックの中身がもどってきた。とにかく、いったん退避だ。洞窟をもどりながら、ロビンとブルックはアジトで耳にしたことを手短に話した。

「〝バスターコール〟？　あの……」

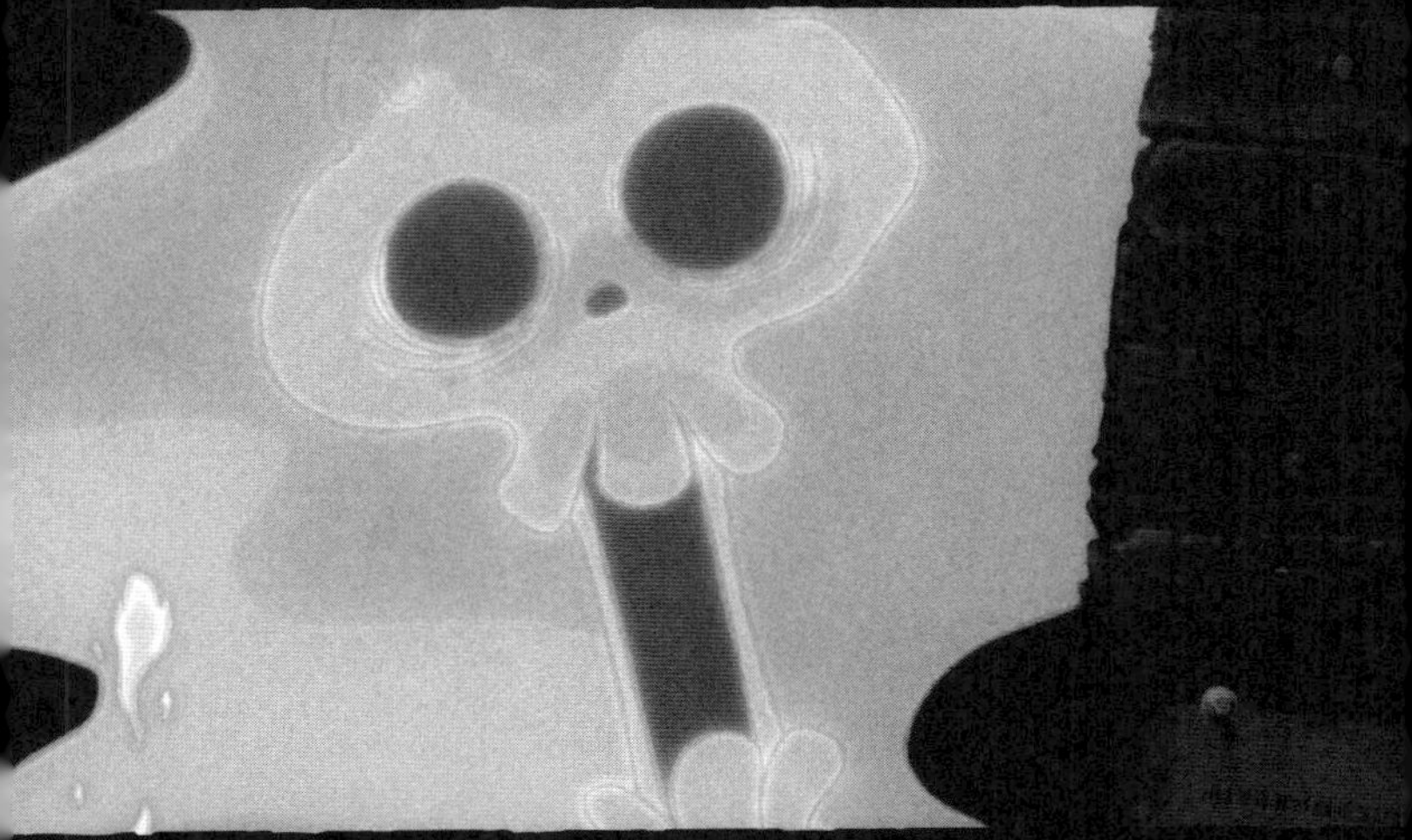

ふたりの話を聞いたチョッパーはおどろいた。

「中将五名以上の大艦隊による無差別殲滅《せんめつ》攻撃か。地図にあったはずの島が、なかったことにされてしまう……」

ローは息をのんだ。

海賊万博の主催者ブエナ・フェスタが、ひそかに海軍を動かして〝バスターコール〟を誘発させようとしている……？

なんのために？　そんな自殺行為を？　ことの全貌《ぜんぼう》はまったく見えないが、その情報を信じるなら、やはり海賊万博のことは海軍にバレている。七武海《しちぶかい》のバギーだけでなく海軍のトップが動いていた。〝バスターコール〟を発令できるのは基本的に海軍本部大将、ないし元帥《げんすい》サカズキだけだからだ。

「フェスタは、だれと話してた？」

「電伝虫で話していましたね……きんしゅ……金主ですか。海賊万博のスポンサーでしょうか」

「……とにかく〝バスターコール〟のことをみんなに知らせないと」

宝探しどころではなくなった。ロビンは電伝虫で連絡をとろうとした。

ドンンッ！

そのとき一行は、思いがけない相手とはちあわせた。

「てめェら……なぜここに⁉」

あらわれたのは海賊にとって最悪の〝敵〟だった。一も二もなく背中に負った得物《えもの》に手をかける。

ガキィイイイッ！

「いきなり失礼じゃないですか」

ブルックが魂の喪剣《ソウルソリッド》で相手の攻撃を受ける。

「白猟屋《はくりょうや》……！」

「スモーカー……！　海軍が、なんでここに！」

ローたちは身がまえた。

海軍本部中将スモーカーだ。ルフィとは東の海《イーストブルー》からの因縁《いんねん》の仲で、先端に海楼石《かいろうせき》を仕込んだおおきな十手《じって》をかついでいる。海とおなじエネルギーをはなつこの石は、悪魔の実の能力者のチカラを封《ふう》じることができる。

「ここはおれがとめる。おまえたちは行け」

サンジがまえに出た。このメンバーでは、サンジ以外はみな能力者で分《ぶ》がわるい。

「行かせるわけねェだろう」

スモーカーの目的はわからないが、お尋《たず》ね者《もの》の海賊を見のがす気はないはずだ。

ボフンッ！

スモーカーは能力を発現する。自然系《ロギア》モクモクの実の能力者は、その体を煙と化して変幻自在の動きを見せる。

「〝ホワイト・アウト〟！」

「うわっ！」

煙の腕にチョッパーとブルックが捕《と》らえられてしまった。

「…………！　ロビンちゃんと行け！」

ローに告げると、サンジはスモーカーのまえに立ちはだかった。

その身を炎や氷、光といった自然現象に変える自然系《ロギア》の能力者には、打撃斬撃《ざんげき》銃撃あらゆる物理攻撃は通用しない。しかし、そんな難敵にも有効打を与える方法はあった。

ズバンッ！

ロビンたちを追って煙となったスモーカーを、サンジの蹴《け》りが襲った。

「…………！　〝覇気《はき》〟か」

蹴りで煙を断《た》たれ、スモーカーはかまえなおす。

〝覇気〟――それは本来、すべての人間に潜在《せんざい》するチカラだ。気配、気合、威圧……そうした、人が人から受ける感覚と基本的にはおなじものだ。ただし大半の人間は、そのチカラに気づかず、のばそうともせず一生を終える。

覇気には〝武装色《ぶそうしょく》〟〝見聞色《けんぶんしょく》〟そして選ばれし者の〝覇王色《はおうしょく》〟がある。

このうち武装色は〝見えない鎧をまとう〟ようなイメージだという。武装色の覇気をまとったサンジの蹴りは煙にも効く。とくにスモーカーのような自然系《ロギア》の能力者に対する数少ない対抗手段が覇気なのだ。

スモーカーは警戒を増した。

サンジ……麦わらの一味のコックで、その出生は〝悪の軍隊〟こと北の海《ノースブルー》の組織ジェルマ66《ダブルシックス》、すなわち海遊《かいゆう》王国ジェルマをなすヴィンスモーク家の三男坊だ。先日、ホールケーキアイランドでとりおこなわれたシャーロット家三十五女プリンの結婚式騒動で花婿《はなむこ》としての彼の出自《しゅつじ》がおおやけになり、懸賞金はヴィンスモーク・サンジとして三億超えになっている。

「てめェら……またつるんで、なにをたくらんでやがる」

灼熱《しゃくねつ》と極寒の島パンクハザードでは、麦わらの一味とロー、スモーカーは呉越同舟《ごえつどうしゅう》、敵味方ながらともに行動した仲でもあった。

「そりゃ、こっちのセリフだ」

サンジは多くは語らず蹴りに訴えた。

＊

『──さァ、大混戦！　多くの海賊が脱落するなか、宝を手にするのはだれなのか！』

右も左も敵ばかり。シャボンにつつまれた宝島は大激闘の最中だ。

「どけよ、おまえ！」

「おまえさんもな」

ドーン！

ルフィのまえには巨漢の〝怪僧《かいそう》〟ウルージが、極太棍棒《ごくぶとこんぼう》──巨大鉛筆の芯《しん》をかかえて立ちはだかる。最悪の世代の戦闘にまきこまれて、まわりの海賊どもは勝手にノックアウトされていく。


──獲《と》ったぞ〜〜〜〜〜〜〜〜〜〜！

そのとき、勝《か》ち鬨《どき》の声があがった。

海賊たちは、まさか？ と、みな崖の上をあおぐ。

「ぎゃーっはっはっは！ 海賊王の宝はおれさまのもんだァ〜〜〜！」

ガレオン船の甲板に積まれた金銀財宝の山にのぼって、ちいさな宝箱を両手で掲《かか》げている赤《あか》っ鼻《ぱな》のピエロ顔がいた。

「あれは七武海……」

「道化野郎！」

「バギー！ 宝はわたさねェぞ！」

ドレイクもキッドも、もちろんルフィも海賊王の宝を手にしたバギーをにらみつけた。

「はァ……？ げっ！ しまったァ〜〜〜！」

だまってお宝を獲って逃げればよかったものを。ハデ好き目立ち好きの性格が災《わざわ》いしたバギーは最悪の世代からマトにされてしまった。

ドン！ ガシャン！

めいっぱいのばしたゴムの腕で、ルフィはガレオン船を殴《なぐ》りつけた。バギーはバランスを崩《くず》して金銀財宝の山からすべり落ちる。

「おのれクソゴム……！」

「さっさと逃げるガネ！」

バギーはＭｒ《ミスター》．３《スリー》ら幹部たちと逃げだす。バラバラの実の能力者は、自分の体をバラバラのパーツに分けて一定の範囲内で自在に動かすことができる。ただの刃物なら無効化できるし、拳《こぶし》だけを分離してロケットパンチを撃ったり、足だけをバラして地面を走らせれば体の部分は宙を飛んだりできるのだ。

「ギャハハハ！　だれが待つか！　海賊王のお宝だ！　きっととんでもねェもんに……」

逃げながら、バギーはせっかちにも宝箱を開けてしまった。

間があってから……赤鼻のピエロの顔が、らしくない感じでシリアスになる。

これは………！

ちいさな古い箱におさめられた宝の正体にバギーは声をうしなった。

「これは……おいおい、こいつァ……！」

いいいいいいいいいいいいいいいいい、ハハ、
まさに海賊王の遺産でしかありえないモノだ。

――ロジャー船長……？

バギーの脳裏《のうり》に、見習い海賊時代、あこがれつづけたロジャーの貌《かお》が浮かんだ。

『――海賊王の宝箱をつかんだのは、七武海〝千両道化〟バギー！　そういえば彼は海賊王の元船員《クルー》ではなかったか！　はたしてそのおどろくべき中身は…………え？』

司会者ドナルドの声が、実況を忘れて一瞬、素《す》にもどった。

アクシデントがあったのか。宝島からでは下でなにがおきたのかわからない。

ズズンッ——

宝島を激震が襲った。

地震……？　いいや、ここは空の上だ。

「なに？」

サニー号のナミたちも異変に襲われた。

つぎの瞬間、ドドドッと船の周囲で湖ごと地面がまくれあがった。地割れが四方八方に走る。突きあげる振動。なにか巨大なものが下からぶつかってきたかのような。

バァン！

「シャボンが割れた！」

フランキーが気づいた。

宝島にいた海賊たちは空を見あげて絶句した。シャボンが割れれば……宝島は、ただの岩のカタマリだ。

ザババババババババババババババババババッ――――

最初の衝撃で地割れの生じた宝島は、ノックアップストリームの水圧の直撃を受けて、たちまち全面崩壊《ほうかい》しはじめた。

もはやお宝争奪戦どころではなくなった。文字どおり天変地異の大災害だ。

「逃げるガネ！」

「逃げるったって、どこにだクソ！」

バギーたちは進退窮《きわ》まる。目のまえで地面に亀裂《きれつ》が生じて、海賊たちがつぎつぎ落ちていく。空に投げだされる。

ガガガガガガガガガッ！

ついにバギーの足もとが崩れた。バラバラにした足が落ちれば、バラバラの実の能力でも飛んではいられない。

「わあァ～～～～～～～」

「落ちるガネ～～～～～～～～～」

バギーは腕を飛ばして亀裂の端《はし》に手をかけた。そのバギーのマントにＭｒ．３たち幹部がしがみつく。

「あ」

と、一瞬でも安堵《あんど》したのが運の尽《つ》きだ。バギーは獲った宝箱を落としてしまった。

「ぎゃあああああ！　ロジャー船長の宝がァ～～～！」

思わず下をのぞきおろしたバギーの眼前に、なにかが見えた。

船……？　軍艦クラスの大型船が、宝島の底に舳先《へさき》から突き刺さっていた。なにがどうしてそうなったのか、さっぱりわからない。

わかったのは……その軍艦から火花が散ったかと思うと大爆発がおこったことだ。


ドドドドドドドドドドォォォォオオオオオオ――――――ン

宝島は崩壊四散した。

謎の大爆発によってノックアップストリームごとふき飛び、あたりには霧のような滝と、雨あられの島の残骸《ざんがい》が降りそそぐ。

『――た、た、宝島が！　なにがどうなってんだァ～！　軍艦が島に突き刺さったかと思うと、大爆発！　シャボンを割って島を粉々に爆破してしまったぞォ～～～！』

司会者も混乱していたが、それが事実であったらしい。

どうやって火薬を満載した軍艦を、はるか上空にあった宝島にぶつけたのだ。まるで巨大な魔人が船をぶん投げでもしたように。

＊

「きゃあああああ！」

サニー号の甲板で、ナミは悲鳴をあげた。

「耐えろ、サニー！」

フランキーは船をはげます。雨あられと降る宝島の残骸のなかを、フライングモードで必死の操船をした。


「うわァ〜〜〜〜〜〜〜〜！」

ルフィも落ちる。

宝島の残骸にぶつかりながら海へと落下する。ゴム人間であれば落ちても死にはしないだろうが、下は……港だ。海だ。悪魔の実を食べた者は、その能力とひきかえに、海に落ちれば自力で浮かびあがることができないという弱点がある。

「ルフィ！」

船長を追って、ゾロは落下する島の残骸を跳び移りながら海に飛びこんだ。

「どわァ〜〜〜!　まだ死にたくねェ〜〜〜!」

ウソップは空中で平泳ぎをしていた。

涙と鼻水が上に流れていく。シャボンとノックアップストリームが消えたいま、宝島にあったすべてのものは自由落下していた。

パラシュートなしのスカイダイビングをしていたウソップの目のまえを、なにかがおなじ速度で落ちていた。

たまたま、まるで目のまえにおかれたかのようにあったそれを、ウソップは手にする。

ちいさな宝箱だ。

「…………へ?　これって……」

ナミがいっていた海賊王の宝ではないか。

さっきバギーが落としたロジャーの宝がウソップの手にあった。その中身は……!

＊

海賊万博メインタワー。

指令室にもどったブエナ・フェスタは、崩壊していく宝島のようすをながめて、悦《えつ》に入《い》っていた。

「あいかわらずの、鬼のごとき〝豪腕〟だ！　インペルダウンの獄中で二〇年、鍛《きた》えつづけた圧倒的なパワー！　おい！　この映像をしっかりスポンサーにおとどけしろ！」

フェスタがいう金主《スポンサー》とは……いわゆる闇《やみ》の世界、裏社会の帝王たちのことだ。彼らは、たとえば金融、物流、メディアなど世界的企業の経営者だったりするのだが、表があれば裏もあるのがこの渡世《とせい》だ。

フェスタは海賊万博の資金を彼ら闇の重鎮《フィクサー》たちから募《つの》った。

かつては羽振《はぶ》りのよかった敏腕《びんわん》興行主フェスタに、人脈はあった。しかし落ちぶれて、死んだことになっていた彼には、本来、これだけ大規模な祭りを開催する資金をあつめることはできなかった。

裏社会の帝王たちの興味を刺激したのは、海賊万博の主役——最悪の脱獄囚《だつごくしゅう》ダグラス・バレットだった。ゴールド・ロジャーを継《つ》ぐと恐れられた〝鬼の跡目《あとめ》〟の名だったのだ。

＊

万博島の中央港に、宝島の残骸がザバザバと降りそそぐ。港に停泊していた船が落下し

てきた岩につぶされて轟沈《ごうちん》していく。

「大丈夫か、キッド」

「ぐっ……！」

キラーが、彼の船長ユースタス・キッドをかかえて海から岸に助けあげた。

「ウルージ僧正《そうじょう》！　しっかりしてください！」

「うーむ」

空島出身のウルージは、翼が生《は》えているのだが、地面に倒れてのびていた。

無限軌道《きどう》〝キャッスルタンク〟に乗った姿のカポネ・ベッジ、スクラッチメン・アプー、ジュエリー・ボニー……彼らは悪魔の実の能力者だが、どうやら生きて仲間、部下とともども万博島の港に再上陸できた。

「安心しろ、死相は見えない」

バジル・ホーキンスは霧の雨のなかであたりをうかがう。

「くっ……」

ドレークはその身を変形させる——彼はチョッパーとおなじ動物系《ゾオン》の能力者だ。その姿はもはや人ではなく太古の……。

「しっかりしろ、ルフィ」

「ぶはっ……死ぬかと思った」

最後にルフィが、ゾロにかつがれて岸にあがった。

最悪の世代たちは、さすがに全員、この危機を乗りこえた。


中央港の反対側。

にゅっ、と長い鼻が海面からつきだす。ぶはぁ、と息を吐きながらウソップは上半身を岸にあずけた。

「やったぜ……マジか！」

手にはちいさな宝箱を……さっき空中で拾った海賊王の宝をつかんでいる。

ウソップは待ちきれないようすで、海につかったまま宝箱を開けた。

最初は、わずかにとまどい、

「……これって？　こんなモンが……！」

よくよくたしかめたあと、ウソップの表情はみるみる驚愕《きょうがく》に変わった。

金銀財宝ではない。しかしこれは、まさに海賊王ロジャーだけがもたらせる宝……！

ジャリ……………

砂を踏む音。

影が太陽をさえぎる。ウソップは頭をあげた。「え？」となった表情が凍《こお》りついた。

＊

『──信じられない！　突然どこからか飛んできた軍艦が、シャボンをつきやぶって宝島に命中！　爆薬が炸裂《さくれつ》して、宝島を破壊！』

司会者ドナルドが、あらためて状況を整理して実況した。

しかし観客たちは、もうお宝争奪戦どころではなかった。宝島の残骸が中央港に降りそそぎ、メイン会場はメチャクチャだ。フードコートや出店も営業どころではない。みな逃げまどい生き残るのに精一杯だ。

『……はっ！　そうだ、海賊王のお宝はどうなった？　最後に宝箱を手にしたのはバギーだったはずだが……まさか海の底に？』

「軍艦が勝手に空を飛ぶかよ！　だれだ、ナメたまねを……」

「キッド……」

「あァ？」海に落とされて怒ったキッドは、相棒のキラーをふりかえった。「…………！」

最悪の世代は戦慄《せんりつ》する。

土煙と霧が晴れていく。

宝島の残骸で埋まっていく港の只中《ただなか》に立っていたのは……軍人。

ひとめで、そう思えたのだ。軍服にたくさんの勲章徽章《きしよう》をつけていた。海軍本部とはちがう、どこかの国の兵士……？　背丈《せたけ》はルフィの倍ほどもあろうか。

「この海は、戦場だ」

軍人の、野太い男の声が告げた。

その手に血まみれのなにかがつかまれていた。ボロ布のかたまりと思えたそれは……！

ウソップだ。

顔は腫《は》れあがってボコボコだ。意識など、あるはずもない。

拷問《ごうもん》のあとのような、変わりはてた仲間の姿をまのあたりにしたルフィは、ほえた。

「…………！　なにやってんだ、おまえっ！」

〝ギア2《セカンド》〟——両脚《りようあし》をゴムの心臓と化し血流を加速させる。飛躍的に身体能力をあげると、蒸気をまとって飛びだす。

軍人は無造作《むぞうさ》にウソップをほうり投げた。ルフィめがけて。

「！」

仲間を受けとめようと、とっさにルフィは立ちどまった。

その迷いを戦場の軍人はのがさない。

ヴォッ――

投げつけたウソップの体を追い越し、一気に間合いをつめた軍人の拳――〝武装色〟の覇気をまとったパンチが、ルフィの横顎《よこあご》、人体の急所を襲った。

ゴリッ!

ルフィは数十メートルもはじかれて岸壁に激突、体ごとめりこんだ。

「ほう」

拳の感触をたしかめた軍人は、ちいさく感心してみせる。

覇気は、悪魔の実の能力さえ無効化しうる。たとえ打撃無効のゴム人間でも、武装色の覇気をまとった攻撃によって防御面のアドバンテージを帳消しにできるのだ。

しかし覇気の拳を、いま、あのゴム人間は武装色で受けた。こいつは場数をかさねている。それら紙に書かれたものではない生きた情報を、軍人はただ一撃のあいだに入手した。

「くっ」

ルフィはすぐに立ちあがった。武装色で防御はしたが、殴られたダメージそのものは防ぎきれていない。効いているのだ。それは相手の覇気が自分と同等以上だからだ。

「…………」

「トラ男をやったのは、おまえだな」

ルフィは直感した。そして、それは事実だった。トラファルガー・ローに手傷を負わせたのは、この軍人だ。


「――なんか、とんでもなくヤバいだガネ……！」

目のまえではじまった恐るべき戦闘《せんとう》に、Ｍｒ．３とアルビダは生きた心地がしなかった。たしかなことは。ここからは彼らみたいなハンパ者が色気を出していい場所ではない。きっと目立つと死ぬ。

「ぶはー！　死ぬかと思った」

いきなり、土砂の下からなにかが顔を出した。

「あ、バギー」

「生きかえったガネ」

「生きらいでか！　バギー座長だ！」バギーはいまいち自分へのリスペクトがたりない配下をどやしつける。「チキショー！　ロジャー船長のお宝、落としちまった！　だれの仕《し》業《わざ》だ！　……ん？」

土をはらって顔をあげたバギーの視線のむこうには、大柄《おおがら》な軍人が立っていた。

バギーは、みるみる青《あお》ざめてブルった。おちゃらけナシで。

「ゲッ！　あいつは…………ッ！」

「あの軍服男、知りあいなのかい？」

「知りあいもなにも！」バギーは思わずアルビダに怒鳴りかけた。「あいつが〝鬼の跡目〟だ……！」

「!?」

「ダグラス・バレットだ！　おれ様とおなじロジャー海賊団の元船員《クルー》だ！」

いつもはバギーの言葉をテキトーにあしらってスルーしがちなアルビダたちも、これにはおどろいた。

「――当時のレイリーさんとタメをはるほどのバケモノだった」

武力という意味では。あのバギーが緊張のあまり恐縮してしまう。

「レイリーって……〝冥王《めいおう》〟？　海賊王の右腕の？」

意外と若いアルビダだけでなく、いまどきの大海賊時代以前の海をよく知らない海賊にとっては伝説の人物だ。

「おれは見習いだったし、あいつは、いろいろあって途中で船を降りたが……いまでも思いだすとふるえるぜ……！」

バギーが昔語りをはじめると、まわりで聞いていたバギーズデリバリーの派遣《はけん》海賊たちは、英雄や伝説にあこがれる子供みたいに目をキラキラさせた。

男とは、自分が若造《ワカゾー》だったときに衝撃を受けた相手は一生、リスペクトしてしまうものだ。バギーにとってロジャーや副船長レイリーは、そうした存在だ。

そして、そんなレジェンドを相手にタメをはろうとしていた、自分より少しだけ年上の存在がいたとすれば……。

「なんで、そんなヤバいのがここにいるんだい？」

「そりゃ……？　ロジャー船長が処刑されたあと、あいつはなんか暴れて逮捕されてインペルダウンにぶちこまれたはずだ。あとのことは知らねェ」

「われわれが麦わらと脱獄したとき、ドサマギで逃げだしたんじゃないガネ？」

「………あ」

Mr.3の言葉に、バギーはそのどさくさまぎれの可能性にやっと気づいた。

二年前、インペルダウンの陥落《かんらく》だ。当然、LEVEL6最悪の囚人だったはず。

「そんな伝説級の凄腕《すごうで》なら、うちに誘えばいいじゃないか。稼《かせ》げるよ？　昔のよしみでなんとかならないのかい、バギー座長ォ？」

アルビダの提案に、バギーは口ごもってしまった。

「…………それはできねェ」

「？　なんでさ」

「あいつは……ダグラス・バレットは、もう二度と、だれの仲間にもならねェよ。たぶんな……」


キーン…………バシャアアアアアッ！


なんだ、と、海賊たちは空をあおぐ。

ザバッ！　ザバッ！　ザバッ！　ザバッ！　ザバッ！　ザバッ！　サババババババ！

万博島のあちこちで、砲声とともに土煙、水柱が立ちあがる。

「さァ、はじめようか」

ダグラス・バレットは、あらためて海賊たちに告げた。

ここからが祭りの本番だと。

気がつけば——

万博島は大艦隊に完全に包囲されていた。カモメの旗。〝MARINE〟——海軍本部だ。

『え………ちょ、どわーっ！　たたっ！　大変だァ〜〜〜！　そんな……ぜったい秘密のはずなのに……！　ちょっとフェスタさん！　危機管理どうなってんだよォおおおおおおおおお！　ちょっとこれ……マネージャーさん、アンちゃんは撤収《てっしゅう》させて！』

司会者ドナルドは錯乱《さくらん》した。

彼にとっても、これは台本にないことだったのだ。

万博島を、見れば、数十隻からなる海軍艦隊が包囲完了していた。

これは……すべてがダダ漏《も》れだった。あれほどの数の軍艦、あらかじめ情報が漏洩《リーク》されていなければ動かせるはずがない。

海賊万博は、まるごと売られたのだ。海軍と世界政府に。

うわァあああああああああああああ………！

逃げろ。逃げろ。逃げるしかない。海軍の襲来に、会場を埋めた海賊たちはうろたえて将棋倒《しょうぎだお》しになる。

そんな状況をメインタワーから見おろしながら、主催者ブエナ・フェスタは笑っていた。

「予定どおり海軍艦隊第一陣、万博島外海に到着！」

「海軍艦隊より入電！　──包囲完了、誘導ニ感謝ス」

「モモンガ中将か」フェスタは葉巻をくゆらせる。「さァ、どうする海賊諸君……？　立ちむかうか、逃げまどうか」

指令室から会場を見おろす。

空から降ってきた宝島の残骸によって港が埋められて、無数の飛び島ができていた。それらの中央にあるいちばんおおきな島にダグラス・バレットがいた。その周囲を、最悪の世代のルーキーたちがとりまいている。

「舞台《ステージ》はつくったぜ」

フェスタはニヤケ顔がとまらない。

興行主《プロデューサー》にできることはお膳立《ぜんだ》てまで。ステージをもりあげるのは主役と、よりよい脇役《ひきたてやく》たちだ。

『──密告したのはだれだ！　ふざけんなァ〜〜〜〜〜〜〜〜〜〜！』

それでもステージにとどまり仕事をつづける司会者のプロ根性に、フェスタはちょっとだけ感心して、会場のスピーカーにつないだマイクで告げた。

「いいね、きみ……ドナルドくん！　つぎの機会があったらまた司会をたのむよ。生きていたらねェ」

『…………！　フェスタさん……おい、フェスタ！　てめェ！』

「さて、おれが海賊万博主催者の〝祭り屋〟ブエナ・フェスタだ！　退屈なあいさつは省こう！　紹介する……ダグラス・バレットだ！　もう気づいている者もいるだろう！　海賊王ゴールド・ロジャーの元船員《クルー》であり〝鬼の跡目〟と呼ばれたっ！　インペルダウン最悪の脱獄囚っ！

　さァ、ここまでは〝前夜祭〟だっ！

〝最悪の世代〟ッ？　〝七武海〟ッ？　〝海軍本部〟ッ？　どいつもこいつもお呼びじゃねェぜ！　これからはじまる祭りはダグラス・バレットの祭り！　〝世界最強〟のォ……〝ケンカ祭り〟だァ！　さァ出てこいや挑戦者！　かかってこい！」


――〝祭り〟だ。

――この〝退屈〟をぶち壊すために。

3 STAMPEDE

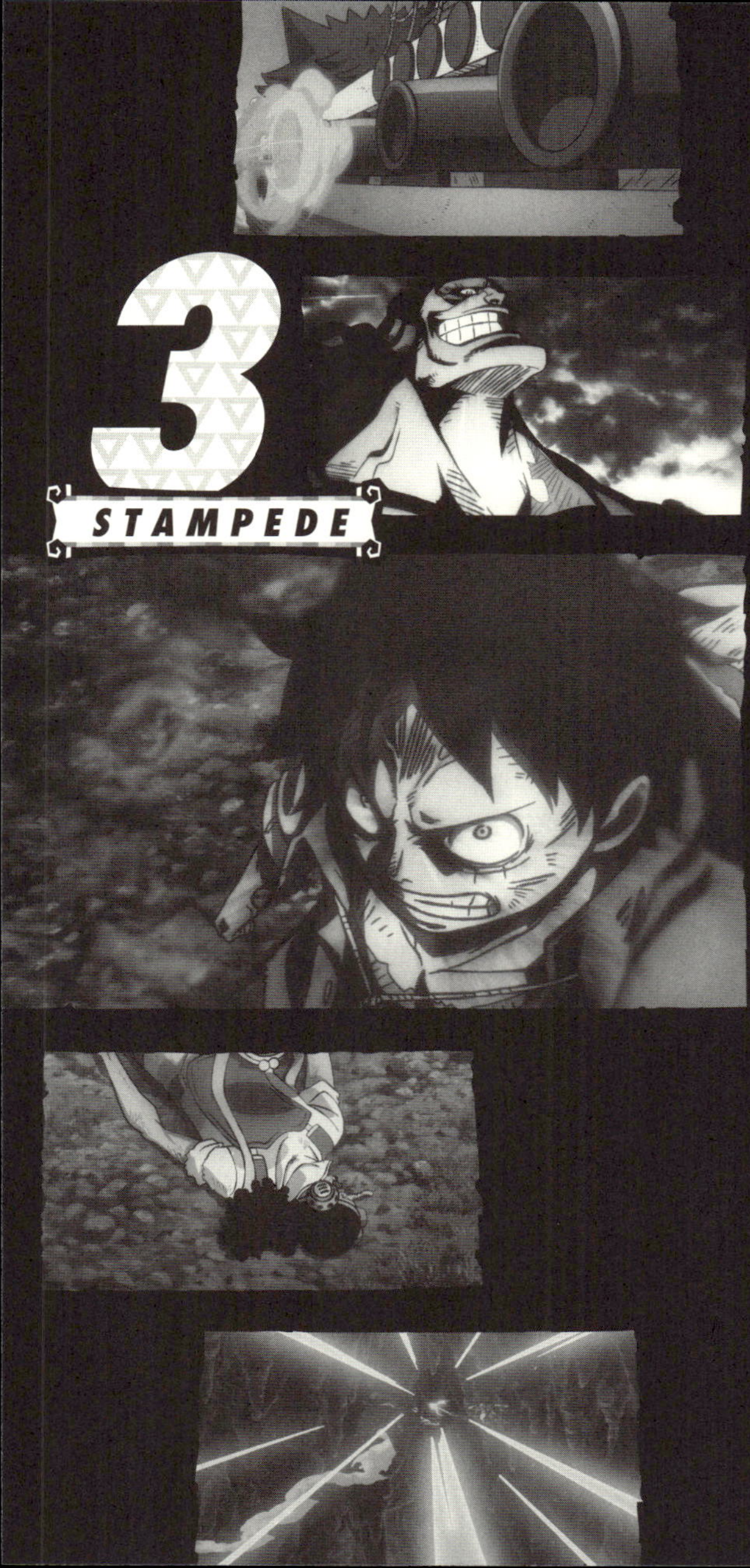

海軍艦隊の襲来に、万博島は大パニックにおちいった。

『――くそ！　フェスタの野郎にだまされた！　おれたちを売りやがったな！』

司会者ドナルドがブチキレて、マイクも切らずにわめき散らすものだから、会場の混乱はさらに輪をかけてひどくなった。

「カハハハ……」

港にできた土砂の島で、ダグラス・バレットは悠然《ゆうぜん》とかまえていた。

彼は、海軍の襲来を事前に知っていたのだ。まったく動じたようすはない。

「〝鬼の跡目《あとめ》〟……生きていたとは。まさかというべきか、やはりというべきか」

元海軍少将ドレークは軍服男の正体を知り、警戒した。彼の知るかぎり、ダグラス・バレットの名がふたたび表舞台に立ったのは二十数年ぶりだ。

「軍艦投げつけて島爆破しやがったのは、てめェだな。ふざけたマネしやがって……」

お宝争奪戦の参加者全員がコケにされたのだ。キッドは落とし前をつける気だ。

「隙《すき》がねェ」

ベッジは攻撃のチャンスをつかめずにいた。ふざけたマネをした軍人野郎に一発といわず百発ぶっぱなして、さっさとトンズラしたいのはやまやまだったが。

「あいつ海賊王の宝箱を持ってる……なんで持ち逃げしねェんだ」

ボニーが気づいた。もしバレットも争奪戦の参加者であったのなら、宝を獲《と》ったら、さっさと逃げればいい。

そうしないのは、つまり……目的は別にあるのだ。

ルフィが立ちあがって、まえに出た。

「おまえ……おれの仲間に手ェ出して、覚悟できてんだろうな」

だれであれ海賊の一味の者を手にかけるということは、その海賊団すべてを敵にまわして戦争する覚悟があってのこと。

「仲間？　この宝箱ひとつ守れねェ、カスのことか」

バレットは挑発をかさねる。

四の五のいわずかかってこいよ、と。喧嘩《ケンカ》上等だ。もうこれは拳《こぶし》に訴えねばシメシがつかない。

経緯《けいい》はわからないが、バギーが獲った宝箱は、いったんウソップの手にわたっていたらしい。それをバレットがさらに奪《うば》ったのか。

ルフィは無言でバレットをにらみつけている。

その姿に、バレットはにやりと笑った。そう。ファミリーの血縁であれ、それを模した親子、兄弟盃《さかずき》であれなんであれ、一味、同盟、仲間、人のつながりというのが海賊の流儀だ。

「わずらわしいいいいいいな。貸し借りだの、掟《おきて》だの、仁義だの」

「………………?」

「シャバに出てきてみれば……いまどきは最悪の世代、ってのが強《つえ》ェらしいな」

目のまえにいるのが当人たちとわかったうえで、宝箱を掲《かか》げて見せる。

「――この海賊王の宝がほしけりゃ、全員まとめてかかってこい！」


ヴォッ！


バレットの一喝《いっかつ》が、すり鉢《ばち》状になった噴火口跡《あと》をゆるがせた。

〝覇王色《はおうしょく》〟！

会場を逃げまどう海賊たちが意識をうしなって倒れていく。えらばれた者だけがまとうチカラ、まさに覇者の気であり、半端者《はんぱもの》は覇気《はき》にあてられただけで気をうしなってしまう。

「……覇王色！」

「くっ」

「まさに修羅《しゅら》……！」

「とんでもねェな」

「上等だ！」

ドレーク、ボニー、ウルージ、アプー、キッド、ホーキンスとベッジ、ゾロとキラーも。

精鋭《せいえい》の部下たちさえ気をうしなっていくなかで、踏みとどまる。

「どうした最悪の世代……？　びびって動けねェか」

ヴォッ！　カッ！

だが、覇王色をまとう者はバレットだけではなかった。

「おまえの相手は……おれだ！」

覇気には覇気で応じる。覇王色をまとったルフィは、ひるむことなくバレットに対した。

いいや、やるのはおれだ……と、最悪の世代たちは臨戦態勢になった。

――ゾロ～！　ルフィ～！

そこへ、呼びかける声があった。

ナミとフランキーだ。〈サウザンド・サニー号〉はぶじに着水していた。

「わたしたちはサンジくんたちと連絡をとって脱出の準備をするわ！　でも、あの軍艦の数……逃げるには、なにか策を考えないと」

「ウソップはまかせろ」ルフィがゾロにいった。「サニーをたのんだ」

「わかった」

船長の指示で、ゾロは船にもどる。

「先輩方〜！　おらたづにもなんか手伝わせてほしいべ〜！」

「ぼくも来てやったぞ。ちゃんと感謝しろー！」

サニー号によりそっているのは〈ゴーイングルフィセンパイ号〉と〝人食《ひとく》い〟バルトロメオ、キャベンディッシュ、ほかの麦わら大船団もいる。

＊

万博島、地下洞窟《どうくつ》。

「海兵まで潜入してるとは、どうなってやがる」

走りながらトラファルガー・ローは思案した。〝白猟《はくりょう》〟のスモーカーはジェルマ66《ダブルシックス》のＮｏ．３が足どめをしているが……。

ぶるるるる…………　ぶるるるる…………

「……出ない。なにがおきているの？　ウソップ」

ロビンが電伝虫《でんでんむし》で呼びだすが、返事がない。ロビンたちは知りようもないが、このとき連絡係のウソップは意識をうしなっていた。

「！」

ふたりは立ちどまった。

風のない地下の通路に、ふいに砂煙があがる。それは渦《うず》をまきながら砂のカタマリになって、人のカタチをなしていく。

顔に横一文字の傷がある、鉤爪《かぎづめ》をつけた黒いコートの男。

「……ひさしぶりだな、ミス・オールサンデー」

その名でニコ・ロビンを呼ぶ者は、かつて彼女が所属していた犯罪結社バロックワークスの関係者しかいない。

「クロコダイル……！」

かつてアラバスタ王国乗っとりをたくらんだ叛逆《はんぎやく》の元王下七武海《おうかしちぶかい》サー・クロコダイル。

ロビンや麦わらの一味とは悪縁があり、戦い、ときに共闘したこともあった。自然系《ロギア》スナスナの実の能力者で、その身を砂に変え、ふれたものの水分を奪って干涸《ひか》らびさせ〝風化〟させることもできた。

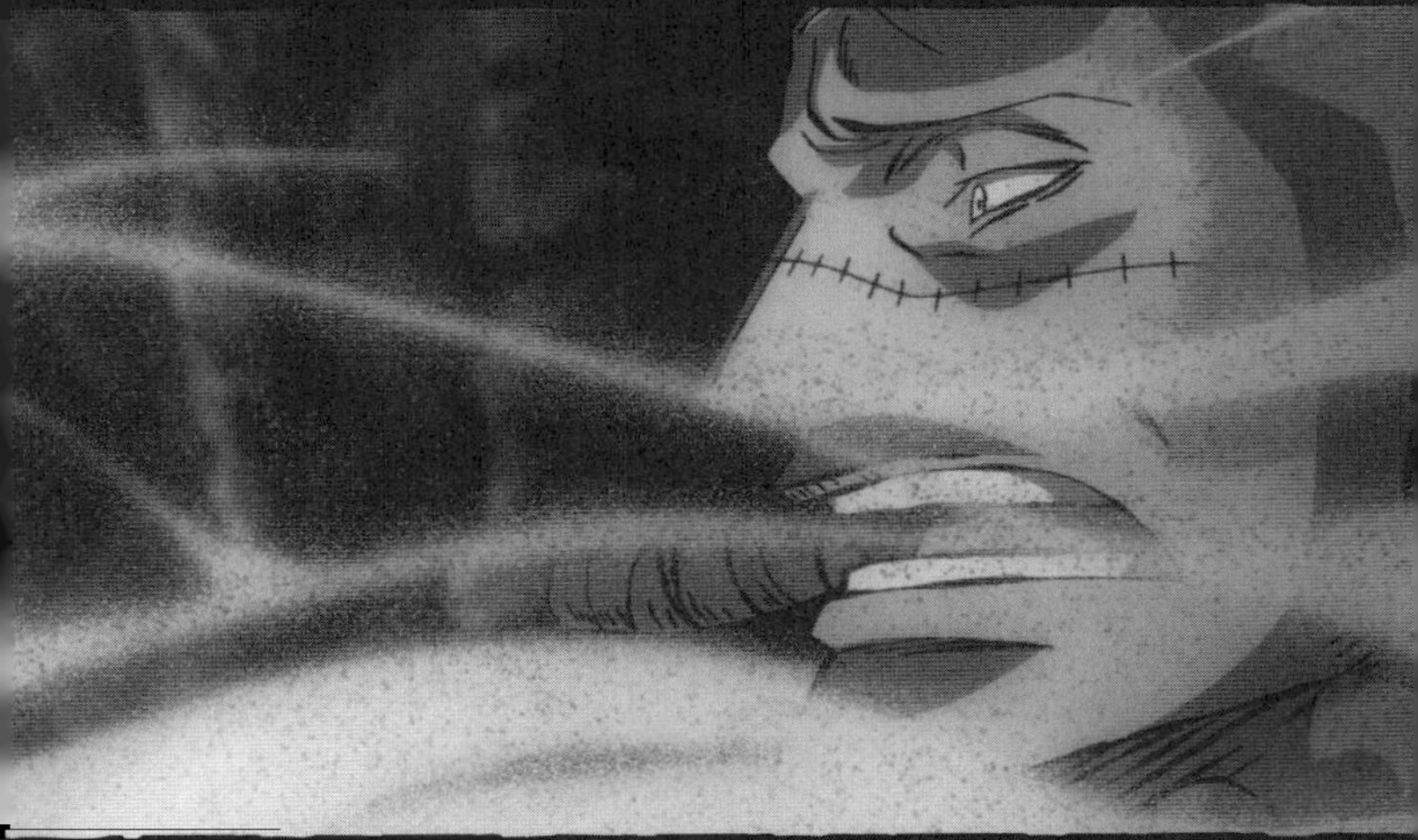

「おどろいた。あなたが動いているってことは、海賊王のお宝というのは本当に世界をゆるがすなにか、ってことかしら」

「クハハハ……察しがいいな」

クロコダイルはゆかいげに笑う。かつてはバロックワークスの社長と副社長の関係だったふたりだ。

「――この祭りの裏にはダグラス・バレットがからんでいる」

「！」

クロコダイルがあげた男の名に、ロビンの表情が変わった。

「〝ガルツバーグの惨劇《さんげき》〟……あの大虐殺《だいぎゃくさつ》をおこした男が……？」

三〇年ほどもまえの話だ。〝偉大なる航路《グランドライン》〟にあった内戦の絶《た》えぬ軍事国家が、たったひとりの少年兵によって壊滅《かいめつ》する事件があった。

ガルツバーグにおける大虐殺そのものは、世界政府の報道管制によって表むきはなかったことにされていた。その後の少年兵の経歴によって、彼の名は高まることになった。海に出た少年兵は海賊となり、ロジャーの船員《クルー》になったのだ。

「〝鬼の跡目〟……ロジャーの後継者と目されるほど、その強さは際立《きわだ》っていたそうね」

「バレット《やっ》の能力は、少々やっかいでな」

遠まわしな口ぶりからロビンは察した。クロコダイルとバレットは、やりあったことがあるのだ。ふたりは、ほぼおなじ世代か。いまでいえば最悪の世代同士がぶつかるようなもので、ありそうな話だ。そしてふたりの戦いの決着はついていない。少なくともクロコダイルが納得するようなカタチでは。

さらにいえば、少々やっかいというのは、とんでもない面倒事のはずだ。

「それで、わたしにどうしろと？」

「おまえじゃないミス・オールサンデー。用があるのはおまえだ、トラファルガー・ロー。その傷はバレットにやられたか……？」

砂塵《さじん》に身を変えると、つぎの瞬間クロコダイルはローの背後にまわった。

「………！」

「策がある。おれにつきあえ」

*

フェスタの地下アジトに潜入して、鉢《はち》あわせたサンジとスモーカー中将は戦っていた。

モクモクの実の能力で煙となったスモーカーは〝ホワイト・ブロー〟をはなつ。不規則な軌道《きどう》の煙パンチを、サンジはジャンプでおおきくかわすと天井を蹴《け》って方向転換、直上から急襲した。

「〝悪魔風脚《ディアブルジャンブ》・粗砕《コンカッセ》〟！」

ガガガッ！

熱をまとった踵落《かかとお》としをスモーカーは十手《じって》で受ける。めまぐるしい攻防が展開する。

ガッ！

「こんなところでコソコソと……なにをたくらんでやがる！」

十手で押しかえされて、サンジはまた距離をとらされた。接近戦に持ちこまねば分《ぶ》がわるい。まったく、こんなところで海兵と遊んでいる場合ではないのだが、チョッパーとブルックがスモーカーの煙に捕まってしまっていた。

「たくらむ？　てめぇらこそ〝バスターコール〟って正気か！　クソ海軍！」

サンジは、さっきロビンが盗み聞きしたことをぶちまけた。

「あァ？　なんの話だ」

スモーカーはいぶかしんだ。

どうも本当に知らないらしい。〝バスターコール〟は海軍中将五人以上の艦隊による殲《せん》滅《めつ》攻撃だ。その際、たとえ目標地点に友軍――おなじ海軍がいたとしても攻撃は実行されるというが……。

ぷるぷるぷる……っとちいさな振動が伝わった。スモーカーは電伝虫を手にした。

『──スモーカーさん、大変です！』たしぎ大佐が、サンジに聞こえるほどの大声で電伝虫にまくしたてた。『ダグラス・バレットがあらわれて宝島を破壊、海賊王の宝を奪取しました！　いまは……いまにも麦わらたちと交戦しそうです！』

＊

一方、命からがらメイン会場から脱出したバギー一味は船で万博島の運河を逃走していた。

「座長！　どこ行くんですか！」

部下が指示をあおぐ。彼らは海賊派遣《はけん》組織バギーズデリバリーの社員だが、海賊バギー一座として船長のことを座長と呼ぶ。

「い、い、帰るにきまってんだろ！」

「かえり討《う》ち？　あれだけの数の軍艦を？」

派遣海賊たちは、また少年のようにキラキラ目を輝かせた。

海賊王ロジャーの元船員《クルー》で、四皇《よんこう》〝赤髪《あかがみ》〟の兄弟分であるバギーは、彼らにとっては伝説の住人なのだった。そのことは海軍のお墨付《すみつ》きだし、あの〝白《しろ》ひげ〟でさえバギーには一目《いちもく》おいていたのだ。

「すげーぜバギー座長！」

「いつもながら、どんだけポジティヴなんだガネ……」

そんなバギーの人生がハッタリで塗りかためられていることを知っているMr.《ミスター》3《スリー》と幹部たちは、怖《お》じ気《け》づきながらも、バギーのふしぎな強運を信じてついていくしかない。

「海軍艦隊より、あいつ……ダグラス・バレットひとりのほうが、よっぽどやべェ！」

バギーは正直、心ここにあらずだった。

知っているのだ。見ているのだ。バレットがロジャー海賊団にいたときのことを。あれは一四歳で一国の軍隊、そして国民すべてをみな殺しにしたバケモノだ。そんなことをして平然としていられる人間の心は得体《えたい》が知れない。見習いだったバギーにとって、自分より少しばかり年長の少年が規格外の強さで戦うその姿は、たのもしいと感じる以上に恐怖でもあった。

なぜならバレットは……ただロジャーにしたがっていたわけではない。

「――かかわらねェほうがいい！　たとえ、あのお宝が本物の〝ひとつなぎの大秘宝《ワンピース》〟だったとしてもだ……！」

*

ユースタス・〝キャプテン〟キッド、そしてキラー。

スクラッチメン・アプー。

X《ディエス》・ドレーク。

ジュエリー・ボニー。

ウルージ。

カポネ・〝ギャング〟ベッジ。

バジル・ホーキンス。

モンキー・〝D〟・ルフィ。彼ら同士も敵、ときに同盟を組んだことはあるが、お友達ではない。

「おれがやる。おまえらジャマすんな」

ルフィには戦う理由があった。

「あのおっさん《ロートル》をやったら、つぎはてめェだ麦わら」

キッドは敵意をむきだしにする。

仲間をマトにされたルフィは船長としてオトシマエをつける。ほかの連中も、はいそうですかとゆずるわけにはいかない。

まとめてかかってこい。軍服男はいった。ようするにルーキーたち全員、ひと山いくらのザコあつかいされているのだ。

「〝鬼の跡目〟だァ……？　中年海賊《オールドルーキー》がシャバに出てきて、はしゃいでんじゃねェよ」

キッドは唾《つば》をはいた。

ロジャー時代に名を売ったらしいが、それから何十年たったと思っている。そのあいだ、ほとんど監獄暮らしだった男ではないか。

「話しあいはまだ終わらねェのか？」

ダグラス・バレットは表情のない目で告げた。

「…………っ！」

「来ねェなら……行くぞ」

糊《のり》のきいた軍服には、たくさんの勲章徽章《きしょう》がつけられていた。それは軍事国家ガルツバーグの少年兵だったバレットが受勲した歴戦の〝強さ〟……皮肉にも故国を滅ぼしたチカラの証《あかし》だ。もちろんルフィたちには知るべくもなかったが。

ドンッ！　ゴォオオオオオオ！

バレットは地面を蹴った。砲弾のごとき爆発的な加速。ルフィは即応する。〝ギア2《セカンド》〟さらに〝武装色硬化《ぶそうしょくこうか》〟──黒化した拳と拳が激突する。威力は五分《ごぶ》。だがバレットは、さらに拳を押しこんでルフィごと地面にめりこませた。

「！　おわァっ！」

なんという〝圧〟か。

土煙があがる。瓦礫《がれき》が飛散する。思わず手をかざしたキッドは、つぎの瞬間、首根っこをつかまれて体ごと持っていかれた。

ゴゴッ！　グギギギッ！

配下のキラーもつかまれ、頭と頭がゴチンとぶつけられた。ふたりの意識がトビかける。

「速い……ぐっ」

「ぬぉっ」

飛《と》び膝《ひざ》がドレークの顎《あご》をつらぬいた。

体格ではバレットに負けていないウルージも、ボディへの一撃で吐瀉物《としゃぶつ》をぶちまけ、地面に這《は》わされる。

せまる危機感からホーキンスは彼の能力を発現する。ワラワラの実の能力は不可思議だ。

ザワザワザワと、その身をおぞましい巨大な藁人形《わらにんぎょう》に変え――

「〝降魔《ごうま》の相《そう》〟！」

「ハッ……なんの実だ？」

見あげるほどに巨大化したホーキンスの異形《いぎょう》にも、バレットは臆《おく》するところがない。

ズバババババッ！　大藁人形のホーキンスは容赦《ようしゃ》なく破りつらぬかれた。

どんな実だろうと関係ない。バレットの拳は、すべてを直接破壊するのだ。

――ギャアアアア！

どこからか悲鳴があがった。同時に、ホーキンスからちいさな藁人形《ストローマン》が壊れて落ちた。

これは一種の身代わりで、能力者自身が受けたダメージを他人になすりつけることができる。

「ドーン♪」

予期せず、バレットの肩のあたりが破裂した。

「………？」

アプーだ。彼は楽器人間。胸は太鼓《たいこ》――音波は現象となって敵を攻撃する。

「〝爆《ドーン》〟！」

アプーが胸の太鼓をたたくと、バレットの全身で爆発が大連鎖《だいれんさ》した。

〝爆《ドン》〟〝爆《ドン》〟〝爆《ドン》〟〝爆《ドン》〟〝爆《ドン》〟！

バッ――

爆発が斬《き》り裂《さ》かれたとき、アプーの眼前にはバレットがいた。

「効《き》いてねェ……？　ぐわァ！」

ショルダータックル！　鍛《きた》えぬいたパワーはあらゆる能力を圧倒した。ぶちかましをくらったアプーは何度も跳《は》ねながら地面をころがされた。

――ギャオオオオォ…………！

太古の咆吼《ほうこう》がとどろく。

あァ？　とバレットがふりかえった。そこにいたのは……おどろくなかれ〝恐竜〟だ。

ドレークは動物《ゾオン》系古代種リュウリュウの実の能力者。モデル〝アロサウルス〟――太古の遺伝子を体に目覚めさせ、全長一〇メートルをこえる肉食の巨大トカゲに変形した。ナイフのように鋭い牙《きば》が並んだ口で、恐竜ドレークはバレットの胴体にかじりついた。

ゴゴゴギュッッ……！

「…………くっ」

いつも戦闘中は苦しそうに笑っているウルージが、どうにかおきあがった。

そこに、なにかが落ちてきた。

「！」

恐竜──変形したドレークの巨体が軽々とバレットに投げあげられていた。

バレットは軍艦すらぶん投げて宝島を破壊した男だ。アロサウルスを投げるくらい、どうということはない。ウルージはまたドレークもろとも地べたをなめる。

バサッ！　ブワッ────！

ふいに、巨大な鳥がバレットのまえに出現、舞いあがった。

いったい、どこからそんな大鳥が……？　バレットの視界を鳥のはばたきと大量の羽毛がふさいだ隙に、間合いをつめたボニーが低い姿勢から蹴りあげ、バレットの顎《あご》をとらえた。

「ざまァねェな……！」

ボニーの実と能力は謎《なぞ》だったが、彼女は、おそらく命のすすみ具合をコントロールできる。彼女自身、子どもにも老婆にも姿を変えることができた。いまは持っていた鳥の卵を孵《ふ》化《か》、一気に成長させたのだ。

「──ガキにして終《しま》いだ！」

どんなバケモノだろうと人の子だ。赤ん坊にまで若がえらせてしまえば無力になる。

ガシッと太い腕がボニーの脚《あし》をつかんだ。バレットはたじろぎさえしていない。そのままボニーの体をぶんまわすと容赦《ようしゃ》なく地面にたたきつける。

「ゴムゴムの……〝象銃《エレファントガン》〟！」

「うォおおおお！」

ボニーを痛めつけるバレットの左右から、ルフィとキッドが同時に襲《おそ》いかかる。ルフィは骨風船による〝ギア3《サード》〟武装色硬化、キッドは能力で構築した巨大鉄拳による攻撃だ。

ゴッ！　バチィイイイッン！

バレットは同時攻撃をいなす。ルフィとキッドは、たがいの攻撃を受けて、たがいの巨大拳ではじきとばされてしまった。

「おまえー！」

「ジャマすんじゃねェっ！」

おたがい相手のせいにして怒る。どちらにしてもバレットには攻撃を見切られていた。

「てめェら全員ジャマだ」

グググ……グゴゴゴ……！　ズゴォォォォ…………ン！

地響きとともに比類ない兵力が出現した。

カポネ・ベッジは自分の体を城と化すことができる。一六六センチの小柄《こがら》な体に何十人という子分を収納し自在に出し入れできるほか、その最大の能力を発揮すれば、実物大の城を構築することも可能だ。砲撃くらいなら耐えきるほどの防御力を誇るのだ。

「〝大頭目《ビッグ・ファーザー》〟」

ドンッ！　ドンッ！　ドンッ！　ドガガガガガ――！

〝大頭目《ビッグ・ファーザー》〟の姿となったベッジは左右の砲塔から一斉砲撃をくらわせた。大火力がバレットを集中攻撃する。

ガンッ！

バレットは……爆風のなかで、涼しい顔で何十発という砲弾を拳で殴《なぐ》りかえし、はじきかえした。

「…………!?　ぐほっ！」

〝大頭目《ビッグ・ファーザー》〟がよろける。

城がぐらつく。バレットは跳《と》びかかり〝大頭目《ビッグ・ファーザー》〟の天守、城人間の頭部をぶん殴った。

ダメージを防ぎきれない。城塞《じょうさい》はたった一撃で沈黙した。

つぎはキラー……入れ替わり立ち替わりだ。しかしバレットの鉄壁の守備は崩《くず》れない。

「さて……ひどいめにあったが。ボチボチ反撃してみよう」

「………?」

キラーを捕まえたバレットの背後に、気配が立ちはだかる。

違和感——バレットとさほど変わらぬ体格だったはずのウルージが、はるかにデカくなっていた。高さも、厚みも、筋量がケタちがいにふくれあがっている。

ウルージの本気の戦いを見た者は口をそろえる。ダメージを受ければ受けるほど、ウルージはおおきく強くなったと。四皇ビッグ・マムの将星《しょうせい》のひとりを墜《お》とした男なのだ。

「〝因果《いんが》晒《ざら》し〟!」

ドゴゴッ!

重い、強い……おなじ質量の砲弾を受けたよりも、はるかに。

ムキムキのウルージにぶん殴られて、バレットはのけぞり地面に倒された。

どうだ……? みなが一瞬、ようすを見た。

ググググッ……!

バレットは、手をつかわずブリッジの姿勢からおきあがった。

「カハハハ……! いまのがとっておきだったか……ん?」

バレットは空をあおいだ。

太陽のなかに見たものは——

会場に散乱していたあらゆる部品があつまって、巨人よりもデカい超巨大な腕が形づくられていく。

「くたばりやがれェ～～～～！」

蚊《か》をつぶすようなものだ。キッドはバレットめがけて超巨大鉄拳をたたきつけた。


ゴッ！　ドォォォォォォォォォン…………………！


もうもうと土煙が舞いあがる。

宝島の残骸《ざんがい》の小島は、キッドの猛攻撃によって平らにならされてしまっていた。

「くそっ……かっこいいな、メカ巨人の腕」

「バカにしてんじゃねェぞ、麦わら」

ルフィはライバルの腕をうらやましそうに見て、それから敵にむきなおる。

さすがに……ただではすむまい。どれほど過去に名をあげた男であっても、最悪の世代が総がかりでかかったのだ。

――ドゴッッ！

土煙の一角からなにかが出現したと思った瞬間、キッドが体をくの字に折った。

「がっ……!?」

ジャリッ、と地面を踏む音。バレットだ。一瞬のボディブローでキッドを悶絶《もんぜつ》させると、ボロボロになった軍服を破り捨てる。

「わるくねェ、おまえら……だがたりねェ! 鍛錬《たんれん》も戦略も覚悟もなにもかもたりねェ!」

軍服に隠されていたキレのある肉体があらわになる。

人は……ここまで鍛えぬけるのか。左肩にはおおきな火傷《やけど》の跡《あと》があり、全身、刀傷と銃《じゅう》創《そう》だらけだ。

ひと筋縄《すじなわ》ではいかない……この男は。

「見せてやろう、鍛えぬいた本物の〝強さ〟を」

ダグラス・バレットは、ついに本気を解放する。

「てめェ……なにが目的だ」

キッドは脂汗《あぶらあせ》をたらして、うなる。

バレットは短く答えた。

「〝世界最強〟だ! ぬぅううっ…………! 簡単には死ぬなよ!」

言葉は暴力そのものとなる。バレットは最悪の世代のルーキーたちに襲いかかり、彼らの身体《からだ》とプライドをズタズタに破壊していった。

＊

万博メイン会場から逃げだしたたくさんの海賊船は、運河をぬけて、やっと外海にさしかかるところまで来ていた。だが、わかってはいたが、待っていたのは海軍の艦隊だった。

ナミとフランキー、ゾロが乗ったサニー号は、乱戦を避けて、ひとまず運河の途中にあった入り江に退避した。

バルトロメオとキャベンディッシュ、麦わら大船団の船が同行している。ルフィ自身は親分になったつもりはないのだが、ルフィこそ新たな海賊王になる男と慕《した》う、男気あふれる押しかけ子分たちだ。

砲声——砲煙と爆発、灰色の戦場の空気があたりをおおっていく。海軍の上陸掃討《そうとう》作戦がはじまった。運河の出口に殺到する海賊船は、かっこうの的《まと》だろう。ナミが指示した。

「ルフィたちがもどってくるまでに、軍艦へらして突破口を！」

「…………！　砲弾なら、なんぼでも防げますべ！」

「なら、たのんだ」

このゾロの言葉に、バルトロメオは涙と鼻水をたらして男泣きした。

「ゾロ先輩からの任務……！　まかせてけれ、命にかえてもお守りするべ！」

バルトロメオはお国訛《なま》りのぬけないバリバリの実の能力者。その能力は、いわゆる障壁《バリア》だ。バリア人間は透明な壁をつくりだすことで、矢でも鉄砲でも防ぐことができる。

「さて、どう道を斬りひらくか」

ゾロは両手に刀をかまえて、海軍の布陣を見さだめた。

ゥンッ――――

そのとき、海軍艦隊からなにかが飛来してきた。

音もなく……しかし、この圧力、とてつもないプレッシャーは……！

「どェえええええ！　〝藤虎《ふじトラ》〟だべェ！」

バルトロメオは声をひっくりかえした。

マリンフォード頂上戦争後、世界徴兵制度によって特任された海軍本部大将だ。名をイッショウ、藤色の着流しに海軍コートを羽織《はお》り、仕込刀を携《たずさ》えた盲目の剣客《けんかく》だ。ズシズシの実の能力者であり重力をあやつることができる。

石を土台にして重力をコントロール、空を移動したり、ドレスローザでは隕石《いんせき》すら落として、都市破壊兵器ともいうべきスケールの攻撃を実行したこともある。もちろん剣士としても当代一流、見聞色《けんぶんしょく》の覇気を会得《えとく》しており盲目であることはなんらハンディキャップにならない。

斬《ざん》ッ！

藤虎の仕込刀とゾロの二刀が激突する。

「いきなり大将か」

「この戦い、どのような正義がありますやら。自分でたしかめてェと思いまして」

――〝重力刀《グラビとう》〟

藤虎は仕込刀に能力を付与する。受けた、と思ったゾロは重力によって体ごと地面に沈みこんだ。


海軍艦隊、本部科学部隊艦。

先陣をきった藤虎の姿を望遠鏡でたしかめると、隊長・戦桃丸《せんとうまる》は指示した。

「大将藤虎につづけ！　海賊は全員捕《と》らえろ！」

甲板《かんぱん》にはＰＸ――サイボーグ兵器パシフィスタの部隊が待機していた。パシフィスタ一体で、懸賞金数千万クラスの海賊などはたちまち制圧してしまうだろう。

ゾロたちが出撃したあと、ナミは出航にそなえて待機していた。

そこに一隻の海賊船があらわれた。どこかで……見たような狐《きつね》の船首像《フィガーヘッド》だ。

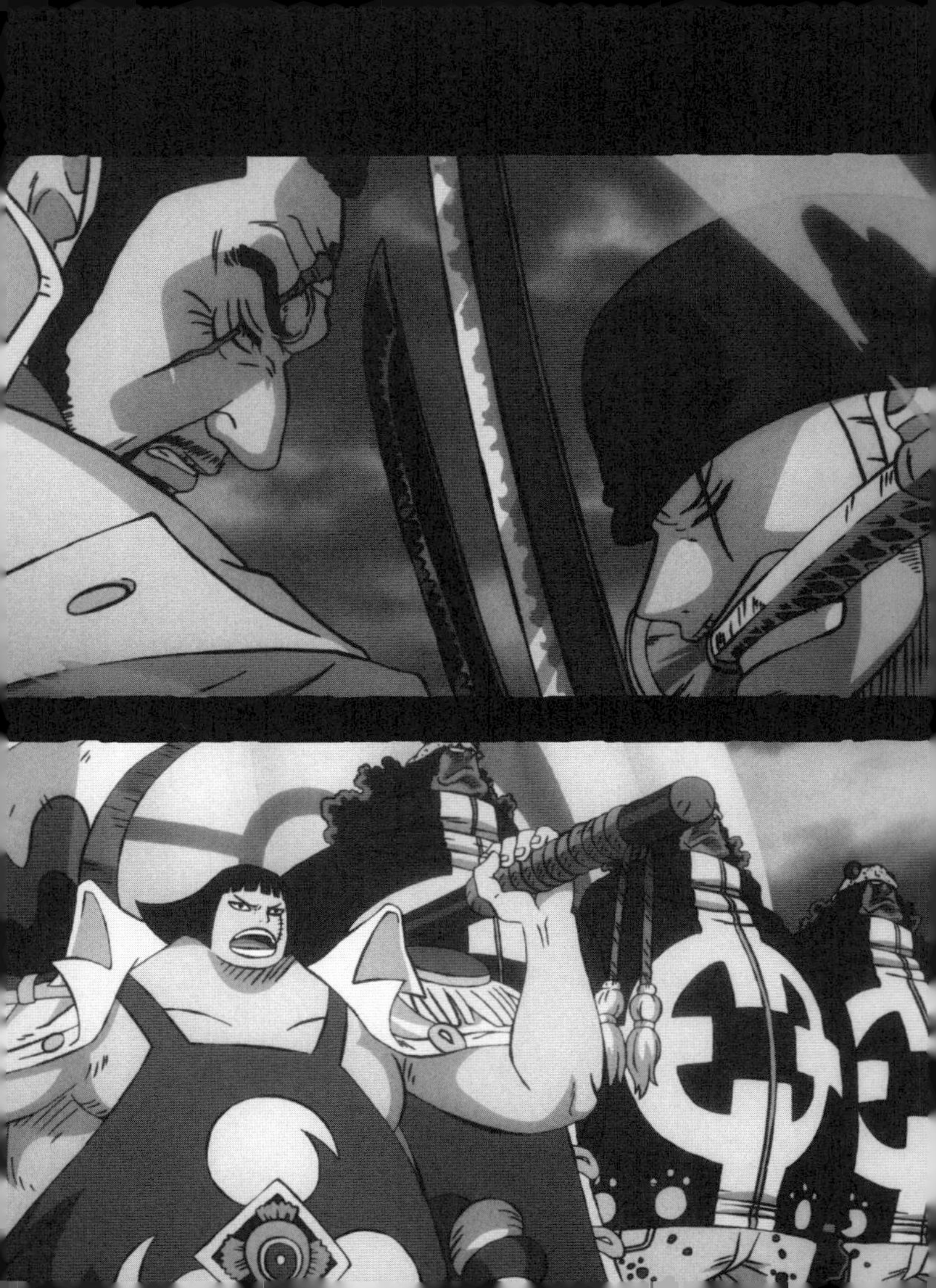

「ふぇっふぇっふぇっ」

「げっ！　あんた、たしかフォクシー！」

かつて麦わらの一味とデービーバックファイトで仲間のとりあいをしたフォクシー海賊団だった。あのときは因縁《いんねん》をつけられて、結局ルフィたちが勝利したが……でも仲間はふえなかった。別にいらなかったから。

「麦わらども！　ひさしぶりだな、おれたちを……」

「…………！」

ナミが警戒する。フォクシー海賊団の面々は、いっせいに甲板にひれ伏《ふ》した。

「おれたちを助けてくださ～～～い！」

「アホか！　自分で戦え！」

*

万博島の地下洞窟を行くロビン……彼女の背後から追いついてくる三人がいた。

「やっぱり！　ロビンの匂《にお》いだ！」

チョッパーだ。本来のトナカイの姿になっており、その背にブルックを乗せている。

「みんな……！　ぶじでよかった。スモーカー中将《あのひと》は？」

「それが……いきなり血相変えて、どっかに……」

走ってきたサンジが答えた。

電伝虫でたしぎから連絡が入ると、スモーカーはサンジとの戦いを中断して、捕らえていたチョッパーとブルックもほうって、どこかに行ってしまったのだという。

「なんだったんでしょうかねェ」

ブルックが思案する。スモーカーが海賊万博に潜入捜査していた目的は、ただ海賊を捕らえることではなかったらしい。彼は中将でありながら〝バスターコール〟のことを聞いていないようすだった。

そもそも〝バスターコール〟のことを口にしていたのは……そうだ、海賊万博の主催者ブエナ・フェスタなのだ。

「あれ？　ロビンちゃん、ローは？」

サンジが、トラファルガー・ローがいないことに気づく。

ロビンは、ここにクロコダイルがあらわれたこと、ローと同盟を組んで、どこかにむかったことを説明した。

「──ブエナ・フェスタは〝バスターコール〟を呼びよせるといっていた。呼びよせるにはエサが必要。それは、たんなる海賊万博ではありえない。地図と世界から、その存在を消し去ることを海軍本部が決断するほどのなにかがなければ」

そしてそれはクロコダイルが興味をしめすほどの、とんでもないなにかだ。

話を聞き、サンジは一服つけた。

「ダグラス・バレットか……」

みんなの情報をあわせると、すべてはその男を中心に動いている。

〝鬼の跡目〟――海賊王ゴールド・ロジャーの伝説は、死後二〇年あまりを経《へ》ても、いまだに大事件をおこそうとしていた。

「――ふた手に分かれよう」サンジが提案した。「チョッパーとブルックは、ルフィたちのところにもどって〝バスターコール〟のことを伝えてくれ。ロビンちゃんは、おれと」

＊

一敗地に塗《まみ》れる。

激戦のあと、最悪の世代のルーキーたちは、すぐには再起できぬほどのダメージを受けて、ことごとく倒されていた。

これは、この時代に生きる海賊にとっての悪夢か。

『――若きチカラをはねかえし、かえり討ちにしたのは……！　おくれてきたオールドルーキー、〝鬼の跡目〟ダグラス・バレット〜〜〜〜！　これが海賊王を継《つ》ぎ、超える男の強さだァ〜〜〜〜！』

スピーカーが割れるほど、ブエナ・フェスタが興奮した声をはりあげる。

ケンカ祭りの主役は、自分をロートルあつかいした若者たちをにらみおろした。

「…………ッ！」

跳ねおき、ルフィがおおきくジャンプした。

〝ギア2〟の血流加速によるスピードアップとも〝ギア3〟の骨風船による部分的巨大化ともちがう。これは……〝筋肉風船〟だ。全身の筋肉に空気を注入、大型化かつ柔軟な肉体を得ながら武装色硬化によって戦闘力を底上げする。これでルフィは体格差をものともしないチカラを手にした。

「残ったのはおまえか〝麦わら〟ァ……どっかで見たような帽子だなァ？　おれはロジャーをめざし……超えるぞ！」

バレットはゆるがぬ覚悟をしめした。それが〝世界最強〟でなくて、なんだ。

「おまえが海賊王をめざすってんなら、ぜったいに負けられねェ！」

海賊王になるのは、ルフィだ。

——〝ギア4《フォース》〟〝スネイクマン〟！

「ハッ……！　悪魔の実の能力と全開の覇気か。だが、そりゃ長くは保《も》たねェだろ」

バレットはすぐに黒化した〝ギア4〟の特性を看破した。

「ああ……！　行くぞ！」

筋肉風船の腕によって攻撃を加速させる。

地面が爆発した。

小島ごと砕こうかという威力でルフィの攻撃が大穴を穿《うが》つ。バレットは造作《ぞうさ》もなくかわした。腕がのびるから、なんだと。その程度のスピードは見えている。

ビュンッ！　バギッッッ！

ふいに横《よこ》っ面《つら》に一撃をくらい、バレットの顔がゆがむ。

「走れ〝大蛇《パイソン》〟！」

「………ッ⁉」

ルフィの攻撃は単発では終わらない。ふつうならパンチをはなてば腕をひいて打ちなおさねばならないが、ルフィはゴム人間だ。打ちぬいた拳を、さらにのばして加速する。

クンッ、クンッ……と不規則に折れてのびながら、ルフィ本人の位置からは予想もつかない角度で敵を殴《なぐ》りつける。手は握りこまず、拳法でいう平拳《ひらけん》のように指の第一・第二関節を折ったカタチで、突く。

「〝JET《ジェット》大蛇砲《カルヴァリン》〟！」

ズガン！　ズガン！　ズガガガガガガガッ！

パイソンの平拳がバレットの背後をとらえた。ぶっ飛ばされたバレットは地面に激突する。

のばした腕をもどすと、ルフィは〝スネイクマン〟の真骨頂《しんこっちょう》を見せる。

体を弓なりにそらせてチカラをため、拳を、膨張《ぼうちょう》させた腕にひきこんで蛇腹《じゃばら》状にたたみこんだ。カメラのズームレンズみたいに。おおよそ、ふつうの人体の可動範囲ではない。自分の長所、強みであるゴムのチカラをめいっぱいためこむ。

「ゴムゴムのォ…………〝黒い蛇群《ブラックマンバ》〟！」

連打、連打、連打、連打……！　〝銃乱打《ガトリング》〟の〝ギア4〟強化版ともいうべきラッシュで追撃をかける。バレットのおきあがりざまに攻撃をかさねる。全弾クリーンヒット！息のつづくかぎり打ちつづけると、ルフィは腕をひいてかまえなおした。

「カハハハ！　さすがは一五億！」

無傷……！　ということはさすがにあるまいが、バレットはダメージを相手にさとらせない。コキッと首を鳴らし、ウォーミングアップだといわんばかりにスクワットをはじめる。

「――骨があるじゃねェ……か！」

ドゴッ！　バレットは一瞬で間合いをつめてボディを殴りつけた。

「ぐァ……！」

ルフィは腹から息を搾《しぼ》りだされた。いくつかスタイルがある〝ギア4〟のなかでも〝スネイクマン〟は攻撃特化型、手足に武装色を集中させている。ボディは黒化していない。

それでもルフィのタフネスに変わりはない。踏みとどまり、殴りかえす。武装色と武装色！　もう、ただのどつきあいだ。

バキッ！　バキッ！　バキッ！　バキッ！　バギギギギッ！

ついにバレットの一撃で、ルフィはすっころがされた。

「どうした！　それで終いか！」

「……ああ！　これで」ルフィは拳を蛇腹状にたたむ。「終わりだァ！」

〝スネイクマン〟渾身《こんしん》の――王なる蛇《へび》が牙をむいた。

「とっておきでこい、麦わらァ！　きさまの〝最強〟を見せてみろ！」

――うぉおおおおおおおおおおおっ！

ふたりの覇気が激突する。

「〝ゴムゴムの王蛇《キング・コブラ》〟！」

王なる蛇の覇気をまとったルフィの一撃がバレットをとらえた。同時にルフィの顔面をバレットの拳が打ちつける。武装色と武装色のクロスカウンター。

ベギィイン！　メキメキッ……ボシュ！　ブハァァァ……！

およそ人体が殴りあう音とは思えなかった。精魂《せいこん》尽きるまでぶっぱなしたルフィは、口から煙を吐き、ロケット風船みたいにうしろに飛んでいく。

バレットはノックダウン！　地面にたたきつけられ、それでもとまらず岩盤を割りながらぶっ飛ばされた。

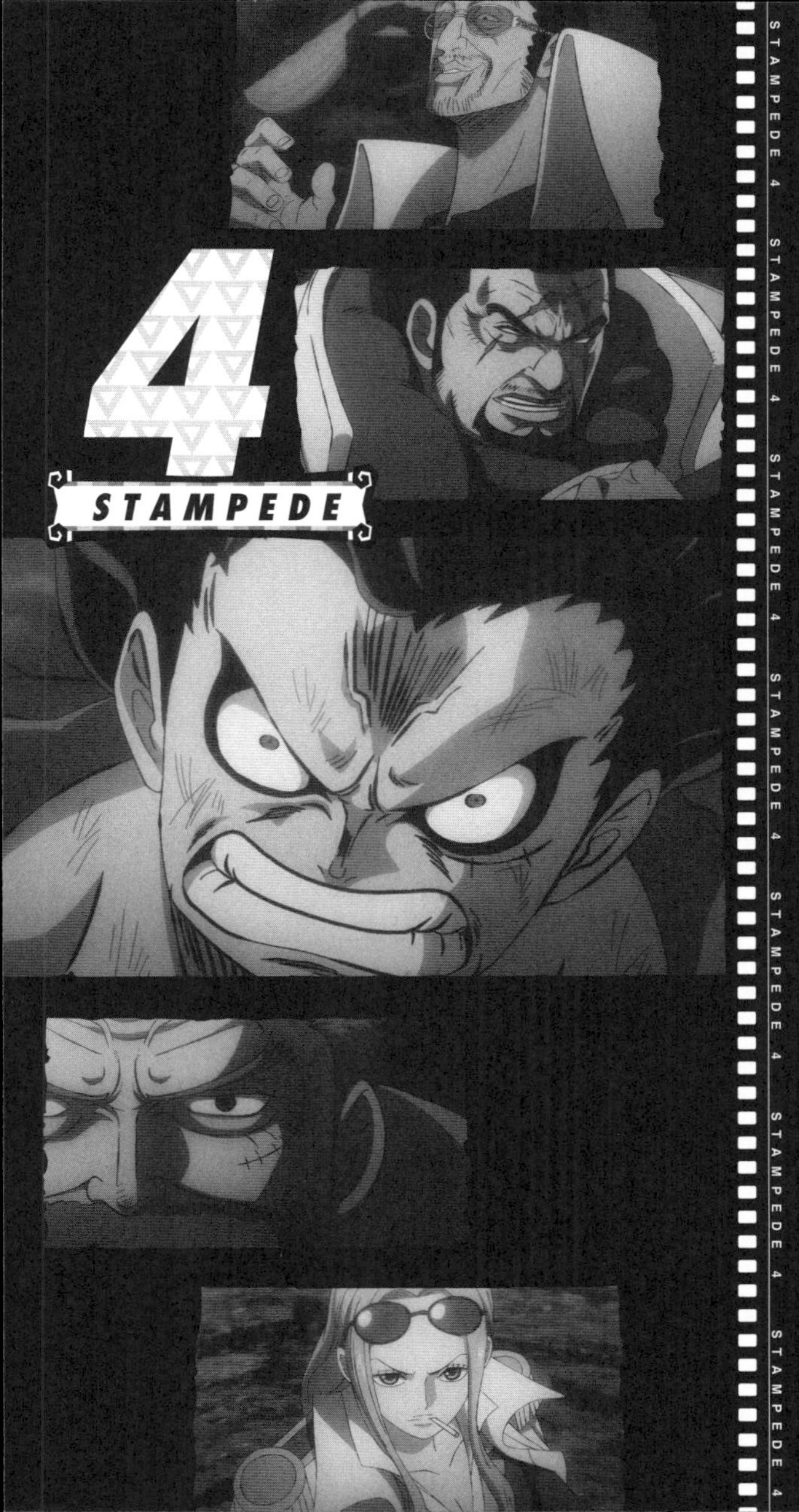
4
STAMPEDE

――スガガガガガガガガガガガガガガガガガガガガガガガガガガ…………………!


海賊万博メインタワー、指令室。

いくつもあるモニタには裏社会の帝王たちの顔が並んでいた。

『ワハハハ！　海賊王の元船員《クルー》を圧倒する五番目の皇帝・麦わらのルフィ！　こいつは記事になるぞ！』

鷲頭《わしあたま》がクチバシを広げて愉快げに笑った。世界経済新聞社の〝ビッグ・ニュース〟モルガンズは、大船団をしたがえたルフィを「四皇《よんこう》につづく新たな海の皇帝」と持ちあげる記事を載《の》せた男だ。

「たのむぜモルガンズ！　まだまだ、もりあがるからよォ」

なにもかもが思いどおり。わが世の春だ。フェスタは敏腕興行主《びんわんこうぎょうしゅ》としてブイブイいわせていた絶頂期《あのとき》の感覚をとりもどしつつあった。

そうだ、これが〝祭り屋〟ブエナ・フェスタだった！

夢よ、もういちど。時代を恨《うら》むだけの、時代に波乗りできないボンクラの泣き言など、電伝虫《でんでんむし》の電波に乗せる価値もない。

「だがスクープは麦わらじゃねェ……〝鬼の跡目《あとめ》〟ダグラス・バレットだ！　〝ひとつなぎの大秘宝《ワンピース》〟の伝説を終わらせ、大海賊時代にとってかわる世界最強の男！　そして退屈なしの最強の〝時代〟……！」

『ノリノリだなアミーゴ♪　ひとつたずねるが……その時代には、どんな〝宝〟があるんだい？』

モルガンズの問いかけにブエナ・フェスタは答えた。それは――

＊

「――海賊どもを逃がすな！」

海軍本部科学部隊長、戦桃丸《せんとうまる》が上陸作戦を指揮する。もとより逃げ腰の海賊たちと意気盛んな海兵では勝負にならない。パシフィスタを擁《よう》し、中将が率《ひき》いる精鋭《せいえい》艦隊だ。くわえて大将藤虎《ふじトラ》まで参戦している。万博島にあつまった海賊を全員、お縄《なわ》にするのだ。

〈サウザンド・サニー号〉に乗ったフランキーは海軍と交戦していた。

「ブラキオヘッド・チェンジ！　〝鉄の海賊《アイアンパイレーツ》・フランキー将軍〟！」

搭載《とうさい》された小型戦車〈ブラキオタンク5号〉と〝サイボーグ〟フランキーが合体、するとフランキー将軍に変形するのだ！

パシフィスタにもひけをとらない巨軀《きょく》。ポーズをきめてフランキーは合金の拳《こぶし》をふるう。

サイボーグ同士の戦闘で、海賊も海兵もまきぞえをくらって蹴散《けち》らされる。

ギイン――！

藤虎と斬《き》りむすぶのはロロノア・ゾロ。右手に〝秋水《しゅうすい》〟、左手に〝三代鬼徹《きてつ》〟、口には大業物《おおわざもの》〝和道一文字《わどういちもんじ》〟。代名詞となった三刀流でゾロは一気呵成《かせい》に打ちかかる。

弧を描く斬撃《ざんげき》、連続攻撃。藤虎は逆手《さかて》に持った鍔《つば》のない仕込刀で猛攻を受けながした。

「てめェら……海軍が〝祭り屋〟と裏でつるんで、なにしようってんだ？」

ゾロが質《ただ》す。海賊万博のことを事前に密告したのは主催者ブエナ・フェスタでしかありえない。

「あっしのおよび知るとこではございやせんが、この戦争に踏みきった決断は、はたして一《イチ》と出るか八《バチ》と出るか……！」

運河の出口あたりの海岸では、激しい上陸戦がつづいていた。

「──〝バリア突進牛《ブルズ》〟!」

バリバリの実のバリア人間バルトロメオが能力をぶつける。四角い透明バリアをブルドーザーの排土板《ブレード》のようにして、海兵たちを根こそぎ海にたたきおとす。

「〝美剣《びけん》! 斬《ザン》・星屑王子《テグジユペリ》〟!」

一閃《いっせん》、騎乗したキャベンディッシュは愛刀デュランダルをふるう。

局地的に奮闘する海賊はいるが、とにかく海軍は手強《てごわ》い。

「ふぇふぇふぇ……! くらえ〝ノロノロビィィーム〟…………!」

ガガガガガッ! フォクシー親分《オヤビン》はいいところなくふき飛ばされた。

すさまじい〝圧〟──ついに将官クラスがみずから斬りこんできた。バスティーユ中将だ。鮫切包丁《さめきり》が海賊をなますに刻《きざ》む。

──とめてェエ!

運河のむこうで悲鳴があがった。

見ると……なにがどうなってそうなったのか、操舵《そうだ》不能になった船がつっこんでくる。甲板《かんぱん》に天幕を張ったあの船は……〈ビッグトップ号〉、バギー一座の船だ。

フォクシー海賊団を蹴散らし、さらに海兵たちを蹴散らして〈ビッグトップ号〉はやっと停船した。座礁《ざしょう》のあおりでバギーは甲板からおおきく投げだされてしまう。

「へぶっ」

地面に顔面ダイブ。やれやれ、ひどいめにあったとおきあがると、そこは居並ぶパシフィスタ部隊のまんまえだった。

「てめェ……七武海《しちぶかい》のくせに、海軍のジャマするとはどういうことだ」

「へっ？」

戦桃丸ににらまれたバギーは、お呼びでなかった、という感じで逃げようとする。

——バギー座長みずから最前線に！

ところがバギーズデリバリーの派遣海賊《はけん》たちは「海賊王ロジャーの元船員《クルー》」「〝赤髪《あかがみ》〟の兄弟分」「〝白《しろ》ひげ〟とタメをはった男」というバギーの金看板に心酔していた。先入観というのは恐ろしいものだ。これでは、ひっこみがつかない。

バリバリバリバリバリッ——！

突如《とつじょ》、大気が鳴った。

サニー号の上空に雲が急成長する。

「みんな行くわよ……〝ゼウス〟！」

ナミが天候棒《クリマ・タクト》をふりかざすと顔のある雷雲が出現、たちまちふくれあがった。

ゼウスは、四皇ビッグ・マムのソルソルの実の能力によって〝寿命〟をあたえられた雷雲のしもべだ《ホーミーズ》。なかでもマム本人の〝魂《たましい》〟をやどしている特別な存在だった。麦わらの一味とビッグ・マム海賊団の抗争が勃発《ぼっぱつ》したホールケーキアイランドの撤退戦において、いろいろあって、いまではナミに飼いならされている。

さながら天候をあやつる魔女となったナミは、雷神の鉄槌《てっつい》をくだした。

「〝ゼウス・ブリーズ・テンポ〟!」

ゼウスの雷がほとばしり、海岸の戦場を薙《な》ぎはらっていった。

＊

〝スネイクマン〟渾身《こんしん》の〝ゴムゴムの王蛇《キング・コブラ》〟が炸裂《さくれつ》した。

「はァ、はァ……はァ……」

ルフィは完全に息があがってしまった。いったん限界となり〝ギア4《フォース》〟は解除、こうなるとしばらく覇気《はき》をつかうことさえ困難になる。

ボロボロにされた最悪の世代たちは、いまやすっかり〝鬼の跡目〟の引き立て役でしかなかった。

たちこめた土煙が、男の覇気にはらわれる。

「効いたぜ、麦わら……」

さらに凄《すご》みを増して。

〝ギア4〟さえ決定打にならない。それは……ダグラス・バレットは最強の男だから。

「…………！」

「強《つえ》ェやつは嫌いじゃねェ。そいつをぶっ倒すのはもっと好きだ。きさまも、きさまの仲間も……この島ごと全員つぶす。おれの〝最強〟を証《あか》すためだ」

たたきのめし、相手をつぶす。

それ以外の他人とのかかわりかたを、この男は知らない。わずらわしいのだ。

「最強なんて勝手にやってろ！　これ以上、おれの仲間に手ェ出すな！」

ともに、それぞれの夢を追う仲間を狙うやつがいるならば、ルフィは戦う。

船長だからだ。

「仲間……だから、きさまらはおれに勝てない。ヘドが出るぜ……この海は戦場だ！」

ドムッ！

やおら腕を掲《かか》げると、バレットは無造作《むぞうさ》に地面を殴《なぐ》りつけた。

地割れが縦横《じゅうおう》に走り、港の小島が崩壊《ほうかい》していく。

なにかがおきている。なにかが……島の下から出現しようとしていた。

ゴゴゴゴゴゴゴゴゴゴゴゴゴ………！

地面を割ってあらわれたのは巨大な背びれ……いいや生物ではない。それは鉄の鯨《くじら》、大型の潜水艦だ。

「この〈カタパルト号〉には、ありとあらゆる武器が装備されている！」

潜水艦の舳先《へさき》に立ったバレットは、ついに彼の――真の能力を発動する。

「〝鎧合体《ユニオン・アルマード》〟！」

ガシャガシャガシャガシャガシャガシャガシャガシャガシャガシャ…………！

バレットの両手が青く発光した。

覇気ではなかった。その青い光が〈カタパルト号〉を照らすと、船材の形質に劇的な変化が生じはじめる。

能力者なのだ！　バレットは、まだ、まったくチカラの底を見せてはいなかった。

「おれはガシャガシャの実の〝合体人間〟……！　あらゆるものを合体させ、変形することができる」

青い光が潜水艦を浸食《しんしょく》する。船体すべてがガシャガシャと細かいパーツに分解されて、変形、バレットの体に組みこまれていく。

「――弱《よえ》ェやつは、この海では生きていけねェ！　さっきの長《なが》っ鼻《ぱな》のようにな！」

強さこそが生きるということだ。

甘えるな！　だれかに勝ちたいなら、強くなりたいなら……！

「これは忠告だ。使えねェ仲間は切り捨てろ、麦わらァ」

おまえが仲間ごっこで遊んでいるあいだに、限界まで修練をかさねていただれかに、倒されることになるだろう。

「なにいってんだおまえ」ルフィはいいかえす。「そしたら宴《うたげ》もできねェじゃねェか！

バカか！」

ウソップがいなかったら、だれと宴会をもりあげるのか。そんなの楽しくないだろう。

ルフィはわりと素《す》で答えたのだったが、これにバレットはプツッとキレかけた。

話がかみあっていない。

いまどきのルーキーとは。バレットは、このときルフィを頭ごなしに否定する。

こんな若造がいきがって生きていける海が、時代がおかしい……！

「救いがてェバカはてめェだ……！　きさまのいう仲間は〝弱さ〟だ！　あのバケモノだった白ひげのジジイですら、てめェの部下のために死んじまった！」

バレットは嘆《なげ》き、声をはりあげる。

「――麦わら、きさまは見たんだろう。マリンフォードで、その目で、白ひげが死んで、やつの海賊団《かぞく》が崩《くず》れるところを！　よってたかって切りとられて、くいものにされて壊滅《かいめつ》したところを！　あれが家族ごっこの末路だ！　哀《あわ》れなもんだなァ……！」

「……見たさ」

「ロジャーの息子……もとはといえば、そいつが下手《へた》を打ったせいじゃねェのか。そんな半端《はんぱ》者《もの》を子分に……仲間にしたから白ひげは死んだ！」

バレットはいらだつままにほえた。

獄中の二〇年間、脱獄後の二年間、考えに考えた末の彼の結論だった。

ルフィは……。

人は……本当に怒ったときには表情がうせるのか。

「あの場にいなかったおまえが……〝白ひげ〟やエースのことを、あれこれきめつけるな」

「フハハハ！　あァ、おまえの義兄弟だったか？　かえすがえすも口惜《くちお》しい！　もし、いま、おれのまえに立っているのがきさまでなくロジャーの息子だったなら……！　最高の〝血祭り〟になっていただろうに……まァ、いい！」

「！」

「この海で死んだやつは、みな敗北者だ！　それが仲間だ家族だ盃《さかずき》だ、ほざいているやつらの限界だ！　おれの〝強さ〟は……！　おれひとりだけが勝ち残るためにある！」

ついにバレットの体は、青く発光しながら、おもちゃのブロックみたいに組みあがって鉄のパーツにおおわれていく。

強さは、ひとり自分だけが勝つために。

「そんなもんに、おれは負けねぇ！」

逆鱗《げきりん》――バレットは、ルフィにとってふれてはいいいいけないものにふれた。

白黒《シロクロ》つけるしかなかった。

「カハハハ……！　ほざくなら、長っ鼻がとられたこいつを奪《うば》いかえしてみろ」

青い光のなかで潜水艦と変形合体しながら、バレットはちいさな宝箱を手でもてあそぶ。

「――死にゆく敗者のきさまらに教えてやる！　この箱の中身は……本物のロジャーの宝だ！　このなかには……」

――こ、の宝箱には〝ワ、ン、ピ、ー、ス〟が入っている……！

バレットの発言に最悪の世代たちは息をのんだ。

海賊王の宝……まさか〝ひとつなぎの大秘宝《ワンピース》〟そのものとは！　それは、あんなちいさな宝箱に入るものなのか……？

ガシャガシャガシャガシャガシャガシャガシャガシャガシャガシャガシャ……ガシャッ！


ついにバレットの姿は青い光のなかに消えた。

港の小島に立ちあがったのは、潜水艦をすべて組みこんだ……鉄の巨人だった。

「最後だ！　せいぜいあがいてみせろ！」

〝鉄巨人〟バレットの拳が覇気をまとい、大地を割った。

ドンッ！　ゴゴゴッォ……！

衝撃波で、最悪の世代たちはふき飛ばされた。

バレットがあの鉄の巨体を完全にコントロールできることはすぐにわかった。アプー、そして恐竜に変身したドレーク、最後には〝大頭目《ビッグ・ファーザー》〟の姿となったベッジまでが、港を飛びこえてスタンド席へ飛ばされ、折りかさなるように激突した。恐るべきパワー、スピード。

ズズズズズンッ！

鉄巨人の破壊力に、ちいさな島は悲鳴をあげつづける。大地震のようにゆれて、足もとがぐらついたところにさらに高速の踏みつけ攻撃《ストンピング》が襲《おそ》う。

ウルージ、ボニー、ホーキンス、キラー、そしてキッド……傷ついたルーキーたちは、圧倒的な敵の覇気に技も能力も打ち破られて、つぎつぎと倒れていった。

「これが、たったひとりでしかたどりつけない境地！　弱ェやつはすべてをうしなう……」

勝ち誇ると、鉄巨人バレットは麦わらの海賊を見た。

「…………！」

ルフィはまだ〝ギア４〟の疲労が回復しきっていない。覇気がもどらない。

ドォ――――――――ン！

ついに小島がまっぷたつに割れる。ルフィは巨人の鉄拳の下敷きになって消えた。

＊

海岸の浅瀬で、ゾロと藤虎は剣をまじえ戦いつづけていた。

「〝重力刀《グラビとう》・猛虎《もうこ》〟！」

藤虎は得物《えもの》に能力を乗せて〝飛ばす〟。たとえ受けても、重力の刃《やいば》は、敵の体を地面ご

ものはかすらせもしていない。

「………！　〝千八十煩悩凰《ポンドほう》〟！」

反撃するゾロの〝飛ぶ斬撃〟、藤虎はその剣圧を斬りかえした。たがいに、まだ刃そのものはかすらせもしていない。

「！」

「〝極《ウル》・虎狩《トラが》り〟！」

体を横向きにひねると、ゾロは両手の刀を牙《きば》と変えて突きたてた。

ザババババッ！

水柱が爆発する。ゾロの二本の刀を藤虎は……仕込刀で受けていた。仕合は、いずれかに流れがかたむく気配はない。

ガコガコガコガコガコ……！

ふたりの脇《わき》をぬけて、一隻の海賊船が外海に脱出をこころみた。

王冠をかぶったカバの船首像《フイガーヘッド》、ブリキの大型装甲船は悪《ワル》ブラックドラム王国国王・ワポルの〈新ブリキング号〉だ。

「まーっはっはっは！　いまのうちに逃げだすぞ！」

ワポルと彼の国民たちは乱戦に乗じて逃げようとした。

――ズババババッン！

白昼夢のような出来事がワポルを襲った。波飛沫《なみしぶき》が立ったかと思うと、彼らが乗っていたブリキの巨大装甲船がスッパリ輪切りにされてしまったのだ。

「……まさか！」

ゾロはうなる。いまのは斬撃だ。こんなことができるやつは……。

はたして、まっぷたつになった〈新ブリキング号〉のむこうには、十字架の帆柱《ほばしら》を立てた小舟が一艘《いっそう》浮かんでいた。

「〝鷹《たか》の目〟ェ！」戦桃丸が抗議した。「遅《おせ》ェ！　七武海は招集してたはずだ！」

「ヒマつぶしだ」

王下《おうか》七武海〝鷹の目〟のミホークは小舟の椅子《いす》に座ったまま、声のでかい金太郎《きんたろう》ヘアの前掛け男に、だるそうに告げた。

世界最高と名高い剣豪《けんごう》だ。ゾロの目標であり最大のライバルであり、奇縁だが修業をつけられた師でもある。

「ちっ……やっかいだな七武海」

戦桃丸はグチった。王下七武海は海賊を狩る海賊だが、かならずしも政府と海軍の命令にしたがうわけではない。敵にまわすくらいなら、特権をあたえることで懐柔《かいじゅう》し、せめて敵にならないようにする……そんな側面もあるのだ。

「——まァいい。パシフィスタ！　海賊どもは崩れかけだ！　総攻撃！」

鉞《まさかり》をふるって前線に殴りこもうとした戦桃丸だったが、その頭上に、ホロホロ……となにかがただよってきた。

オバケの傘《かさ》をさした、ゴスロリっぽい衣装のお嬢さんが宙に浮いいいいていた。

「？　あ……？」

お嬢さんの手から生じた霊体《ホロウ》が戦桃丸の体を通過する。本物の……オバケなのだ！　ゾッとする感覚に肝《きも》をつぶされたあと、戦桃丸は冷汗をタラタラかきながら両膝《りょうひざ》をつきうなだれた。

「〝ネガティヴ〜〜〜ホロウ〟！」

「生まれてきてすいません……」

「ホロホロホロ……かわいくねェな、おまえ」

ペローナ嬢はホロホロの実の能力者で、霊体《ホロウ》を自在に生みだすことができる。〝ネガティヴ・ホロウ〟にふれた者は、どんなイケイケポジティヴ野郎でも、自分をミジンコ以下の虫けらとしか自己評価できなくなるのだった。

ドゴオオオ！

運河出口付近の乱戦に、さらに恐るべき戦力がくわわる。

「なんだべ……？」

バリアで奮闘するバルトロメオがふりかえった。

船首に双頭《そうとう》の蛇《へび》をいただく、あれは……九蛇《クジャ》海賊団〈パフューム遊蛇《ユダ》号〉だ。

「だれじゃいったい！　わらわの通り道に海賊船をおいたのは！」

海賊も海兵も、男だろうと女だろうと獣だろうと、すべてのものは彼女の理不尽《りふじん》な美貌《びぼう》と能力にひれ伏《ふ》すのだ。

「七武海！　〝海賊女帝〟ボア・ハンコックだべ〜〜〜！」

敬愛するルフィの恩人でもある絶世の美女の登場に、バルトロメオはやましい心はまったくなく興奮した。

これは……とんでもないレアキャラと会ってしまった。

九蛇海賊団〈パフューム遊蛇号〉の行く手をさえぎる場所にいたフォクシー海賊団は、

気がつくと船も船員もみな動かぬ石と化してしまっている。

「わらわがなにをしようとも世界中がそれを許してくれる。なぜなら……わらわが美しいから」

——うぉぉおおおおおおおおおおおおおおおお！

こうなったらハンコックの進撃はとまらない。彼女は女ヶ島《にょうがしま》アマゾン・リリー皇帝にして九蛇海賊団船長。メロメロの実の能力は石化だ。ふれたモノは、いいや直接ふれなくとも彼女に心奪われた者は石と化すという。

「海賊女帝、味方になれば心強い……行け、七武海！」

メイナード中将が声をかける。

「だまれ！　ルフィはどこじゃ！」

ハンコックは不機嫌な顔も美しかった。

戦場の空気が、すっかり海賊女帝に持っていかれてしまった。

——すげェ！　パシフィスタに現・七武海が三人も！

バギーズデリバリーの派遣海賊たちは大興奮だ。これは、さながらあのマリンフォード頂上戦争だ。

海賊万博、とんでもない〝ケンカ祭り〟になってきた。

「バカ野郎、こんなのつきあってられるか。命がいくつあってもたんねェ……あばよ」

自分たちがバケモノの大宴《たいえん》にまきこまれていることがわかっていない派遣社員どもをよそに、バギーはさっさと現場からトンズラこいた。

*

『――ワハハハ！　大将に七武海！　フェスタ、あんた戦争でもおこすつもりか？』

モニタごしに、新聞王モルガンズは祭りの目的をたずね、愉快げに笑った。

「惜しいがちがう」

フェスタはここまでの段取りに満足していた。

ついに海軍艦隊が出動、中将の頭数もいる。大将藤虎、王下七武海、いよいよ役者はそろった。

「――やはり、あの〝宝〟は海軍も手に入れたいよなァ？」

モニタの映像をきりかえる。

映ったのはダグラス・バレット……〝鉄巨人〟の頭部にある操縦席だ。もともと潜水艦に搭載されていた映像電伝虫からの映像だった。

ガシャガシャの実の能力者は潜水艦〈カタパルト号〉と変形合体した。能力によって、彼はその巨人族なみのボディを自分の体として動かすことができる。ただでさえ桁外《けたはず》れの覇気を誇るバレットが鉄の巨人となれば、あらゆる攻撃を受けつけそうにない。

そして、事実。

鉄巨人バレットのまえには、完膚《かんぷ》なきまでにたたきのめされた麦わらのルフィと最悪の世代たちが、ぶざまな姿をさらしていた。

『――この海ですべてを手に入れられるのは、もっとも強ェやつただひとりだ』

告げると、バレットは手にした宝箱を開けた。

入っていたものは……永久指針《エターナルポース》だ。その航海器具に刻まれた古びた文字を、裏社会の帝王たちが目をこらしてたしかめる。

――〝ラフテル〟

〝偉大なる航路《グランドライン》〟最果《さいは》ての地。

かつてゴールド・ロジャーとその海賊団だけがたどりつき、後世、彼を海賊王たらしめた場所だ。すなわち、この世のすべてであるという〝ひとつなぎの大秘宝《ワンピース》〟が……！

『〝ラフテル〟の永久指針《エターナルポース》……！　そんなもんが……スクープだ！　世界中がひっくりか

える大ニュースだ！』

モルガンズは大興奮だ。

「くっくっくっ……そうさ、お宝は〝ひとつなぎの大秘宝《ワンピース》〟の眠る地、ラフテルへの道標《みちしるべ》だ！　バカなロジャーどもが闇に葬《ほうむ》ろうとした海賊王への直線航路！　おれは……おれはいいいい見つけたんだ！」

フェスタは海王類《かいおうるい》に食われたとき、その腹のなかでラフテルの永久指針《エターナルポース》を拾ったのだ。求めつづけた〝時代〟に裏切られ、失意の老後をすごしていたフェスタにとって、それは、人生の最後におとずれた天啓《てんけい》だった。まるで数十年ぶりに初恋の女と再会したような。

――海軍第一陣の全軍艦、計画どおり運河に集結中！

スタッフが状況を報告する。

裏社会の帝王たちにむかって、フェスタはぶちまけた。

「おれの目的を聞いたなモルガンズ……？　おれは〝祭り屋〟！　これからぶちあげるのはただの戦争じゃねェ！　祭りってのは……〝熱狂〟だ！　それは人を動かし、人に伝わり、人に受《う》け継《つ》がれる！　たちのわるい流行《はや》り病《やまい》のように！」

ここから、はじまるのだ。

これから、はじめるのだ。〝最強〟のダグラス・バレットの名は、ブエナ・フェスタの名とともに不滅のものとなるだろう。硬石《こうせき》に刻まれた〝歴史の本文《ポーネグリフ》〟のように、たとえ彼が死んだあとも……！

「世界にしかける〝熱狂〟！　こいつで世界を変える〝祭り〟をおこす！　新しい〝時代〟は……」

とどめようのない――〝最強の熱狂《スタンピード》〟だ！

＊

海軍艦隊第一陣が運河出口で海賊と交戦状態にあるころ、旗艦《きかん》である大将黄猿《きザル》の船は、万博島沖合で数隻の護衛とともに本作戦を指揮していた。

「う～ん、すごいことになってきたねェ～」

黄猿ボルサリーノは彼らしい飄々《ひょうひょう》とした体《てい》で、手をかざして島と戦場をながめた。

マリンフォード頂上決戦で名高い海軍本部三大将のうち、赤犬《あかイヌ》サカズキは元帥《げんすい》となり、青雉《あおキジ》クザンは軍を辞して、いまや海軍本部生《は》えぬきの大将といえば彼だった。

伝令が駆けつける。おおっぴらに話せない内容なのか、耳打ちした。

「――出てきちまったか、海賊王の宝」

黄猿はポリッと鼻の横をかいた。

元帥サカズキが大艦隊を動かした本当の理由は、万博にあつまった海賊の討伐《とうばつ》ではなかった。最悪の脱獄囚ダグラス・バレットの再逮捕もあったが、シナリオは……海軍にとって望ましくないほうに流れている。

ゴールド・ロジャーの遺産、ラフテルの永久指針《エターナルポース》が実在すると知ったとき、さすがの百戦錬磨《れんま》のボルサリーノも心が波立つのをおさえきれなかった。

＊

ドーベルマン中将の部隊も上陸、いよいよ海岸の戦いは佳境《かきょう》にはいった。

「海賊どもを捕《と》らえろ！」

はじめから逃げ腰だったよせあつめの海賊たちも、ここに至《いた》って覚悟をきめ、猛然と反撃をはじめる。

タッ——　タッ——

戦場を、なにかが疾《はし》る。〃月歩《ゲッポウ》〃は空を走る技。海軍でも採用されている格闘技〃六《ろく》式《しき》〃使いだ。空中からの踏みつけ蹴りで海賊たちをなぎ倒すのは本部大佐コビー、そして湾曲《わんきょく》したククリ刀使いのヘルメッポ少佐もつづく。

鉄拳のフルボディ、元海賊のジャンゴら名のある海兵たちも奮戦していた。ふたりを指揮するのはヒナ少将だ。

「〝袷羽檻《あわせばおり》〟」

彼女はオリオリの実の能力者。その能力は〝枷《かせ》〟をはめて敵を拘束《こうそく》する檻《おり》人間だ。鉄柵《てっさく》と化した両腕をふるうと、それにふれた海賊たちは敵も味方も関係なく捕縛《ほばく》される。

ボフッ！　ブォォッ！

「！」

いきなりあらわれた気配に、ヒナはとっさに反撃していた。掌打《しょうだ》！　能力だけでなく体術でも、そこらの海賊では相手にならない強さだ。

「――ザコはいい。手を貸せ、ヒナ」

「スモーカーくん……？　そんな格好でなにを」

煙のなかから顔を出したのは海軍学校の同期だった。本部中将ともあろうものが、なぜ海賊まがいのチンピラ風を装《よそお》っているのだ。

「スモーカーさ～ん」

追いついてきたのはスモーカーの部下たしぎ大佐だ。きまじめな性格の彼女も、似合ってもいないケバい服を着ていた。

「どういうこと？」

ヒナは単刀直入に質した。

「〝バスターコール〟だ」スモーカーは麦わらの仲間がいっていたことを話した。「信じられない話だが……おれたちは、フェスタにおびきよせられたのかもしれない」

「あなた、また独断で行動を……そんなことをして海賊になんの利益が」

ヒナはあきれた。スモーカーは学校時代から問題児だったが……。

「そうだ。つまり本部もおれたちになにかを隠してやがる。脱獄囚ダグラス・バレット、そして海賊王ロジャーの宝がなんなのか……それによっちゃあ上は、とんでもねェ決断をくだすかもしれねェ」

本作戦の指揮は黄猿ボルサリーノ大将が執《と》っている。中将以下にくだされた命令は海賊の捕縛だ。脱獄囚ダグラス・バレットの出現によって、結果的にこの大兵力もおおげさな出動とはいえなくなったが……。

潜入捜査をしていたスモーカーは、フェスタが海賊どもをあつめるためのいわばエサだった海賊王の宝を気にかけていた。

「海賊王の宝はバレットが所持しています」

たしぎがいった。彼女は、バレットと最悪の世代の戦闘がはじまってほどなく現場をはなれたため、その宝箱の中身までは知らない。

まだ、なにかが隠されているのだ。この海賊万博には……。

彼らは知らない。ラフテルの永久指針《エターナルポース》の実在は、まだ前線に伝わっていなかった。いいや黄猿は伝える気がなかったはずだ。それは世界政府の中枢〝五老星《ごろうせい》〟レベルの案件だ。

ガキッ――いきなりヒナが、檻の腕をたしぎめがけてふるった。

たしぎの背後から襲ってきた海賊に枷をかけると、ヒナは告げる。

「まず、現場の任務を果たしなさい」

海兵の仕事は迷うことではない、命令を忠実に果たすことだ。それこそが海軍にあって海賊にない規律というチカラだ。

「いわれなくても……海賊は全員逮捕だ！」

モクモクの実の〝ホワイト・ブロー〟が海賊たちをまとめて、ぶっ飛ばす。

「いってェ〜〜〜！」

すると、素《す》っ頓狂《とんきょう》な悲鳴があがった。

「てめェは……！」

「なにしやがんだハデバカ煙野郎！　……げェー、海軍！」

地面にころがっていたしゃべる生首は……バギーだった。結局、戦場で右往左往するばかりで逃げそこなっていたらしい。

「――い……いや！　この七武海バギー様になにしてくれるんだコラァ！」

「あ、あなた！」たしぎが声をかけた。「宝箱の中身、見ましたよね？」

お宝争奪戦でバギーが宝箱を開けた場面は実況中継されていた。

「そんなのいまはどーでもいいだろ！　命あっての物種《ものだね》……ぎゃー！」

ぐわっ！　バギーは煙と化したスモーカーに胸ぐらをつかまれた。

「宝はなんだ。すぐに吐け」

「ぐわ！　苦しい！」バギーは二秒で音《ね》をあげた。「やめろ、わかった話す話す！　永久《エターナル》指針《ポース》だ！　〝ラフテル〟への！」

＊

戦いの大勢は決しつつあった。続々と海兵部隊が上陸する。海賊たちは、ほとんど組織的な抵抗をすることもなく、船を沈められ、残った者も島の奥へと押しかえされていった。

こうなれば掃討戦だ。追いつめられた海賊たちは白旗をあげるしかない。

ギインッ！

ゾロと藤虎の戦いもまた一進一退のままつづいていた。

「戦局が変わりそうだ。勝負は、いったんお預けで」

「あァ？」

藤虎の言葉に、ゾロは片眉《かたまゆ》をヒクッとさせる。

〝重力刀《グラビとう》〟！

抜刀、切っ先が弧を描くとチィンと仕込刀を鞘《さや》に納《おさ》める。

「こいつはみなさまがたへの餞別《せんべつ》でさァ」

「待ちやがれ……」

藤虎に追いすがろうとしたゾロだったが、そのとき、謎《なぞ》の空振《くうしん》があたりをふるわせた。

異変の正体を察し、ゾロは天をあおぐ。


ゴゴゴゴゴゴ………………！


頭上高く、雲……いいや空を破って、なにかが降ってくる。

隕石《いんせき》──

藤虎はズシズシの実の能力者。その能力は重力をあやつり天の星さえひきよせるのだ。

「どェえええええ！　デカすぎるべェ！」

バルトロメオが頭をかかえた。彼のバリアでもあのおおきさは到底カバーしきれない。

「九《く》山《ざん》八《はっ》海《かい》一《ひと》世《せ》界《かい》、千集まって小千世界《しょうせんせかい》！」

ゾロが駆ける。

海面を蹴り、大気との摩擦《まさつ》で赤く輝きながら燃え落ちてくる隕石にむかって、跳《と》び、むかえ討《う》った。

「三乗《さんじょう》結んで斬れぬ物なし！　三刀流奥義《おうぎ》――」

――〝一大《いちだい》・三千《さんぜん》！　大千《だいせん》・世界《せかい》〟

斬るといえば、このロロノア・ゾロは星さえも斬るだろう。

「ゾロ先輩《ドロてんぱあああい》！」

バルトロメオが感激のあまり絶叫する。三刀流の奥義が隕石を一刀両断した。ところが

――


ゴゴゴオオオオ…………！

とまらない。ふたつに割れた隕石は、それぞれ軌道《きどう》を変えながらも島に落ちてくる。

「くっ……！　間にあうか」

ゾロは空中でかまえなおす。ふたたび三刀流の奥義を……！

ズババンッ――――

予期せず、横あいから無数の衝撃が襲った。

ゾロの眼前で隕石が粉々になる。それらの破片の断面は豆腐を切ったようになめらかだ。

〝飛ぶ斬撃〟だ。〝偉大なる航路《グランドライン》〟広しといえど、こんなまねができる剣士は……。


サイコロ状になった隕石の残骸《ざんがい》が運河に降りそそいだ。熱によって、あちこちで水蒸気をともなう爆発がおきる。

「これより先は協定外になりそうだ」

黒刀《こくとう》〝夜《よる》〟を納めると、〝鷹の目〟のミホークは戦場を立ち去る。

七武海の彼が了解していたのは海賊どもの掃討までだ。最悪の世代のルーキーたち、脱獄囚ダグラス・バレットまではよしとしても、それ以外に海軍本部の懸念《けねん》と世界政府の意図があるのだとすれば、そこまではミホークのあずかり知るところではない。

「——行くぞ、ゴースト娘」

「わたしに命令するんじゃねェ！　って隕石斬るなら早くいえ！　びびったじゃねーか」

口のわるいペローナはキリキリわめいて、でも同居人《ミホーク》について戦場をあとにした。

＊

激しい戦いで半壊した港の小島は、うってかわって静まりかえっていた。

鉄巨人バレットがゆっくりと拳を持ちあげると、そこには岩に埋まったズタボロのルフィの背中があった。

まだ息はある。だが、それだけだ。

「死ね」

バレットは覇気をこめ、ルフィを踏み殺そうと足をあげた。


カン、カン、カン、カン……


なにかが背中の装甲にあたる音がした。

鉄巨人がゆっくりとふりかえり、見おろす。そこに立っていたのは……あの長っ鼻だ。

血まみれのウソップだった。

「ハァ……ハァ……てめェの相手は、まだおれだ……！」

カカンッ！　ウソップは武器のパチンコ〝カブト〟でクルミ弾を連発する。

「なんだそりゃ……弱ェだけじゃなく、おまけにバカか」

装甲兵器にむかってパチンコで立ちむかうとはとんだバカだ。鉄巨人バレットはわずらわしそうに手をのばして、先にウソップを握りつぶそうとした。

パキャ！　パキキッッ！

鉄巨人の指にあたったクルミ弾が割れる。すると、なかから芽が生《は》えだして、みるみる急成長していく。

ウソップのクルミ弾にはさまざまな植物の種などが仕込んである。それは蔓《ツル》植物の一種で、まきついたものにからまり絞《し》め殺《ころ》してしまう。

ベキキッ！

「あ？」

バレットは違和感にとまどう。

たしかめると……鉄巨人の指が一本、からみついた蔓にへし折られていた。

「ハァ……ハァ……船長がおれのために命かけてくれてんのに、寝てられるかよ！」

ウソップがほえた。

バレットはわずかに顔をこわばらせたが、すぐに息をついて、あきれてみせる。

「弱ェ犬ほどバカで、よくほえる」

この長っ鼻は、とるにたらない相手だ。歯牙《しが》にもかけることはない。鉄の指に少しばかりヒビが入ったところでどうということもなかった。鉄巨人はガシャガシャの実の能力であやつる覇気をまとった鎧《よろい》でしかない。痛みもダメージもないのだ。

ガシャガシャ……折れた指の手のひらから砲口が出現した。潜水艦に搭載されていた大砲で、長っ鼻に狙いをつける。

ウソップは——それでも一歩もひかず、その目で鉄巨人と対峙《たいじ》しつづけた。


ドウッ！

そのとき、砲声がとどろき鉄巨人バレットは爆煙につつまれた。

＊

チョッパーとブルックは地下洞窟《どうくつ》から出ると、彼らの船長を捜《さが》していた。海賊万博に隠された陰謀と〝バスターコール〟のことを伝えるためだ。

ノックアップストリームは消失し宝島は崩壊、すっかり変貌《へんぼう》したメイン会場のありさまにおどろく。港だった場所は半《なか》ば土砂で埋まり、そこに鉄の巨人が立っていた。さらに海軍の部隊が到着しつつある。

「あれがダグラス・バレット……？」

状況が把握《はあく》しきれないが、まさかルフィはあれと戦っているのか。…………

モモンガ中将麾下《きか》の砲兵部隊が島の中央部に到達、バレットめがけて一斉射撃を開始した。

ドンッ！　ドンッ！　ドンッ！　ババババババッ——！

砲煙で巨体が見えなくなるまで集中砲火を浴びせる。

しかし鉄巨人はまったく攻撃を受けつけない。鉄壁の防御は武装色《ぶそうしょく》の覇気をまとっているのだ。

「ころあいか……海軍！」

バレットは戦局を見さだめ、つぎの計画に移った。

思いかえす。

若きダグラス・バレットが逮捕されたのも、こんな感じの日だった。海軍が、大艦隊でよってたかってひとりを攻めてきたのだ。

あの日〝バスターコール〟は発令された。

それも海賊王となったロジャーの存在ゆえだった。ローグタウンでの処刑のあと、海軍本部はロジャーと縁のあるあらゆるものを狙ったという。世界政府にとって不都合な存在を抹殺《まっさつ》するためだ。

バレットはラフテルには同行していない。とうにロジャーとは袂《たもと》を分かっていたとはいえ、〝鬼の跡目〟などという伝説もまた放置できないものだったのだろう。

「さァ、狼煙《のろし》をあげるぜ……！」

左肩の古傷が痛む。

〝鬼の跡目〟の二つ名は海の底の監獄に捨ててきた。〝世界最強〟のダグラス・バレット伝説のはじまりだ。

ォオオオオオオッ！　鉄巨人が軋《きし》む。

すべてのパーツが青く発光する。全身をガシャガシャと啼《な》かせ、鉄巨人バレットは海軍が展開した港の岸に両手をたたきつけた。

モモンガ中将は思わず土煙をマントで避ける。砲兵部隊は総崩れになった。

ボムッ――土煙を破って、白い煙がまっすぐにモモンガ中将のところに飛んできた。

「いますぐ兵と船をさげろ！」

「スモーカー？」

モモンガ中将は作戦に参加していないはずの同僚の姿にとまどう。

「やつの……バレットの狙いは、おれたち海軍そのものだ！」

元帥ないし大将が指揮し、中将五名以上からなる〝バスターコール〟実行艦隊。かつて若きバレットをチカラで制圧、逮捕した武力に復讐《リベンジ》を果たそうとしている。

的《マト》は、世界政府の狗《いぬ》である自分たちだ。

「もうおそい……！　〝覚醒《かくせい》〟したおれの能力、存分に味わうがいい！」

ドクンッ――鉄巨人の内部で、心臓部であるバレット本体が青く脈打った。

悪魔の実の能力はまれに〝覚醒〟する。その定義は一様ではないが、実を食べた本人以外にも能力が影響をあたえはじめるのだ。

ガシャガシャの実は〝覚醒〟する。

鉄巨人バレットが港の岸に両手をつく。すると青い光は島全体にじわじわと広がり、ガシャガシャと浸食していった。

すべてを呑《の》みこんで。

会場施設も、海列車《うみれっしゃ》の駅も、町も、万博島はすべてが青い光におおわれていった。


ガシャガシャガシャガシャガシャガシャガシャガシャガシャガシャ…………！

ついに青い光は沿岸に達した。海賊船、接岸して上陸作戦にあたっていた軍艦をもガシヤガシャとパーツに分解しながらのみこんでいく。粘菌《ねんきん》がガラス板の上で広がりエサを食らっていくありさまを、顕微鏡でながめているかのようだ。

ガシャ！　バシャアアアア！

青い光が外海にまでのびかけたところで、光の拡大はパタリと停止する。

鳴動。そしてつぎの瞬間、すべての光は逆流した。

バキバキバキバキバキバキバキバキバキバキ！

青い光の波がひいていくのと同時に、接岸していた軍艦が海からひきはがされた。

ショートケーキの上半分だけをむしりとったみたいに。喫水線《きっすいせん》あたりから上、海に浸《つ》かっていない部分が船底を残して分解、ガシャガシャと能力にとりこまれていくのだ。

「狙いは……船か！」

ダルメシアン中将がうなる。軍艦も海賊船も、あらゆる船と船材が青い光にとりこまれて島の中心――メイン会場の方向にひきずられていく。ガシャガシャの実の能力者のもとに。

青い光が裂起する。

逆流し、バレットのもとにあつまった光は輝きをいっそう増し、歪《いびつ》な芽を生やした。それは――あたかも新たな生命の誕生か。胎児《たいじ》の脊柱《せきちゅう》を思わせる光のイメージがニュルニュルとせりあがっていく。

巨大な、あまりにも巨大な。

鉄巨人を核に、能力者を魂《たましい》として。角《つの》のある悪魔の姿をした伝説は万博島に顕現《けんげん》した。

ぉおおおおおおおおおおおおおおおおおおおおおおおおおおおおおおおおおおおおお！

海賊万博は、いよいよ真のクライマックスをむかえた。

唯一《ゆいいつ》、会場に残されたメインタワーの指令室で、フェスタは間近で〝最強〟の男の姿を讃《たた》えながら美酒に酔いしれる。

「さァ、どうする海軍……？　こうなったら打つ手はひとつじゃねェかァ？」

——この〝時代〟をぶち壊すほど戦おうぜ！

5 STAMPEDE

万博島に出現した青い光の大柱は、歪《いびつ》にガシャガシャとうごめきながら、角《つの》を生《は》やし、そのカタチを人型にととのえていった。

ダグラス・バレットは望んだ最強の姿を得た。

ガシャガシャの実の合体人間は〝究極〟の破壊の化身となった。

海軍は蹴散《けち》らされる。

バレットの覚醒《かくせい》した姿は、外海や海岸からでも噴火口跡《あと》の稜線越《りょうせんご》しに腰から上あたりをたしかめることができた。スケールがちがいすぎて遠近感がおかしくなるが、海王類《かいおうるい》が立ちあがっている、とたとえてもおおげさではない。

進退窮《きわ》まり、オニグモ、ストロベリー、ダルメシアンら中将が活路をひらこうと立ちむかう。その歴戦の中将たちを〝究極〟バレットは虫けら同然に手ではらいのけた。

中将たちが一蹴《いっしゅう》されたのを見ては、海兵たちも、この戦場に踏みとどまることはできなかった。

――逃げろ！

――山が……降ってくるぞ！

しかし、どこにも逃げ場などなかった。バレットは究極の拳《こぶし》をふるう。

――〝ウルティメイト・ファウスト〟！


覇気《はき》をまとった拳の一撃で、万博島の街区がひとつ窪地《くぼち》と化してしまった。

究極《ウルティメイト》バレットの破壊力は、この島ひとつではおさまりきらない。

「カハハハ！　海軍に敗《やぶ》れインペルダウンに投獄されたおれは、ずっと考えた。どうしたら二度と負けねェチカラを得られるか、どうしたらロジャーを超え世界最強になれるか」

弱ければ負け、負ければ死ぬ。

獄中の二〇年間、鍛錬《たんれん》をつづけたバレットの強さは研《と》ぎすまされ、それ以外のすべてはムダとして削《そ》ぎ落《お》とされた。

バレットは電伝虫《でんでんむし》で、海軍に一方的な伝言をおくりつけた。


――カハハハ！　聞いているか海軍元帥《げんすい》！　〝ひとつなぎの大秘宝《ワンピース》〟の永久指針《エターナルポース》は、ここにある！　あのときとおなじように、おれを倒してみろ！

そのバレットの声を黒電伝虫で盗聴する気配なき影があった。

「……ロジャーの宝はそこか」

白いスーツ、山高帽、肩には……鳩《はと》をともなっている。

ロブ・ルッチ。

CP－0――サイファーポール〝イージス〟ゼロ。世界政府の諜報《ちょうほう》機関サイファーポールにあって、支配層たる世界貴族にかかわる任務にあたる天竜人《てんりゅうびと》の〝盾《たて》〟だ。

*

究極バレットの出現により、海軍の上陸部隊は指揮系統をほぼ喪失《そうしつ》した。

「ダグラス・バレットは覚醒した悪魔の実の能力で、軍艦、海賊船をとりこんで合体した……」

コビー大佐が見聞色《けんぶんしょく》によって敵の有り様《あさま》を見さだめる。

たしかなことは……あのバケモノは幻《まぼろし》ではない。圧倒的実体だ。

「――能力以上にやっかいなのはバレットの覇気だ。あれだけの巨体に武装色《ぶそうしょく》の覇気をまとわせるなんて……！」

悪魔の実の能力と覇気。ふたつの組みあわせによって、バレットは隕石《いんせき》にも匹敵する大質量と、いかなる攻撃をも防ぐ強度をかねそなえたのだ。

「とんでもない〝強さ〟……」

ヒナ少将が息をのむ。大将黄猿《きザル》以下、中将をそろえた海軍本部の艦隊が敗北したなどという結果は許されない。

あのバケモノを駆逐《くちく》せねばならない。

「こうなったら打つ手はひとつ……か」

スモーカー中将の口もとから葉巻の灰が落ちた。


海軍艦隊第二陣は沖合に待機していた。

『──海賊王の宝はバレットが所持！　やつは覚醒した能力で島ごと上陸艦隊をのみこんで……う、うわァ～～～』

轟音《ごうおん》によって電伝虫の通信が遮断された。

「報告しなくても見えてるよォ」

艦隊の旗艦で、黄猿ボルサリーノは作戦目標・万博島を見やる。

沖合からも、島に屹立《きつりつ》した巨神のごときバレットの姿は、はっきりと視認できた。

そこに、別の電伝虫を持った伝令将校が駆けつける。

相手は——元帥サカズキだ。黄猿は通信を受け、それから現状を直接伝えた。ダグラス・バレットとロジャーの宝のことを。

『——覚醒か。そこまでチカラをつけちょったか』

海軍本部の執務室《しつむ》で、しかめっ面《つら》をしている赤犬《あかイヌ》の顔が目に浮かぶようだ。

『ボルサリーノ』

「やっちまうのかい、サカズキ」

『めんどうなやつらも動きだしちょる。悪は徹底的に根絶《ねだ》やしにせねばならん。望みどおり……〝バスターコール〟じゃ！』

＊

運河出口付近。〈サウザンド・サニー号〉はガシャガシャの能力をやりすごしていた。

ナミとフランキー、ゾロはサニー号に。バルトロメオ、キャベンディッシュ以下、麦わら大船団も健在だ。

「これがあいつの悪魔の実の能力……！　ガシャガシャしやがって！」

フランキーは悪態をついた。

軍艦はあらかたバレットの巨体に組みこまれてしまったようだ。上陸部隊は大混乱。いまなら外海に逃げることはできるだろうが、そこには海軍艦隊の後詰《ごづ》めがひかえている。

「ナミ先輩！　おらたづ、どうしたら……」

バルトロメオはオタオタ落ちつきがない。実力は折り紙つきなのだが。

「ルフィたちは、かならずもどってくる」

ナミは答えた。むずかしく考える局面ではなかった。サニー号はここで待つ。

「かっこいいべ～！　ナミ先輩！」

「いいからさっさと動いて！　できることを考えなさい！」

「はいだべ！」

バルトロメオはその場でどかっと腰をおろした。

敬愛するルフィがもどってくるまで、なにがあってもここを死守する。もしサニー号を奪《うば》って逃げようとする不届き者がいれば海兵も海賊もぶっ倒す。そんな意思表示らしい。

いずれにせよ脱出のタイミングは一瞬のはず。麦わらの一味はチャンスをうかがった。

＊

「マ～～～～ベラス！　あっーはっはっは！　まったくすげェ男だぜ、バレット！」

ブエナ・フェスタは奇声をあげながら指令室の床をころげまわった。

スタッフたちは、もう主催者の暴走についていけなかったが、かといって逃げるところもない。

「おれの残りの人生を賭《か》けて正解だった……！　ロジャーのやつに大海賊時代の幕開けなんていう最高の祭りをやられちまって……おれァ〝祭り屋〟として完全に敗北した！　だが……てめェとならつくれる！　退屈でくだらねェこの時代をぶち壊せる……さァ！　ロジャーの野郎を完全に超えるんだァ〜〜〜！」

おまえは伝説すら倒す世界最強の男！

その言葉に応じて、究極バレットは咆哮《ほうこう》する。

——こんなもんじゃねェだろう！　新元帥率《ひき》いる海軍本部のチカラはよォ！

バレットの挑発が響きわたった。

『本当にやりやがった！　世界政府のチカラの象徴〝バスターコール〟を、たったひとりで破らんとするダグラス・バレット！　なんと壮大《そうだい》な復讐劇だ！　大スクープだ！』

新聞王のモルガンズは、モニタのむこうでテンションあげっぱなしだ。

裏社会の帝王たちが究極バレットを見守るなか、フェスタは彼らと話すための電伝虫を持ったままメインタワーの屋上にむかった。

「さて……闇《やみ》社会のクズどもぉぉぉ」

予期せぬフェスタの態度の豹変《ひょうへん》に、闇の重鎮《フィクサー》たちは一様《いちよう》に表情をこわばらせた。

「――〝ひとつなぎの大秘宝《ワンピース》〟への鍵、ラフテルの永久指針《エターナルポース》を手に、おれたちは……海軍も、海賊も、きさまらも全員ブチ殺す！」

『なんだと……？』

モルガンズが声をうらがえした。ほかの面々も気色《けしき》ばむ。

フェスタは嗤《わら》う。

この〝祭り〟の目的は〝熱狂〟だといったではないか。世界を、時代をぶち壊すのだ。支配構造を打破し、新しい世界をみちびく。裏社会の帝王、世界貴族……そういう自分たちは絶対に安全な場所にいると慢心しきった肥《こ》えた豚《ぶた》どもの足もとをすくって、すっころばせて裸《はだか》でゴミ溜《た》めにたたきおとす。

だから、おもしろいんだ！

「ロジャーの時代はこれより終わりを告げる！　世界中を熱狂させた大海賊時代はもう過去のもの！　これからは……このブエナ・フェスタが！　世界中をまきこむ大戦争の〝熱狂〟をつくりだす！

宝がほしけりゃくれてやる！　奪ってみせろ！　この世のすべては、おれたちの手にある！」

　フェスタは宣言した。

　コケにされたとわかり、裏社会の帝王たちは、ある者は罵詈《ばり》雑言《ぞうごん》を吐き、ある者は通信を切り、ある者は手下になにごとか命じはじめた。興行主《こうぎょうぬし》にとって金主《スポンサー》はもっとも大事なもの。それが、うしろ足で砂をかけるようなまねをされたのだ。

「怒りもまた〝熱狂〟……」

　傲慢《ごうまん》なスポンサーたちに泡をくわせて胸がすいたフェスタは、すっきりした表情で、タワーの屋上から空と究極バレットをあおいだ。

　表も裏も、すべての世界を敵にまわした。

　あともどりはできない。するものか。

「見たかロジャー……！　おまえのしかけた〝宝探し〟なんてまどろっこしい時代は、おれが終わらせる！　宝はおれたちの手にある！　奪いあい、血を流す！　強い者が勝ちとる祭り！　これがおれの……ブエナ・フェスタの〝新時代〟だ！」

＊

　二年前の頂上戦争後、海軍本部はマリンフォードから新世界側に移された。

「われわれ海軍との全面戦争、そして世界中の海賊、裏社会への宣戦布告。この海の均衡《きんこう》を破壊し、世界中を戦争状態にすることこそが、ブエナ・フェスタの目的と思われます」

会議室で、情報将校のブランニューが現状を説明する。

本部に残った海軍将校たちは、正面スクリーンに映った万博島の地図に注目する。

第一陣の上陸部隊は半壊、軍艦を奪われて進退窮《きわ》まっている。後詰めの第二陣、大将黄猿の艦隊は健在。〝バスターコール〟の発動は可能だった。

「〝鬼の跡目《あとめ》〟か」

古参の将校が息をつく。

「あらためて説明します。ダグラス・バレット……〝偉大なる航路《グランドライン》〟の軍事国家ガルツバーグに戦争孤児として生まれ、若くして戦場の英雄と呼ばれるほどの軍人になりますが──」

……………

ダグラス・バレットの出生から幼少期についての記録はない。そもそも彼には親につけられた名などなかった。内戦のつづく軍事国家ガルツバーグではだれでもそうであったように、五、六歳のころには銃を手にしていたはずだ。

彼はガルツバーグの軍隊であるガルツフォース（ＧＦ）に入隊する。こうした少年兵はみな使い捨ての駒《こま》だった。その任務といえば、本隊のために先行して地雷原を歩かされたり、爆弾をかかえて敵の拠点《きょてん》に突入させられたり……。

ＧＦ軍は少年兵を部隊名と番号で管理していた。彼であれば〝鉄砲玉《バレット》〟部隊の９番で、その部隊長の名前はダグラスといった。ダグラスのバレット部隊所属の９番……ダグラス・バレットという名の由来だ。

運よく戦場を生きぬいた少年兵だけが出世できた。ガルツバーグで生きようと思えば、敵はもちろん味方も信じてはならない。内乱、裏切りばかりの内戦だ。命令にしたがいながら自分で生きのびねばならない。

頭角をあらわしたダグラス・バレットの９番の名は、いつしかＧＦ軍に知れわたった。最強の少年兵……強くなれば、いろんなことが思いどおりになると彼は知っていく。生かすも殺すも、奪うも消すも……その選択肢《せんたくし》があることが彼にとって生きている実感となった。

強さこそが〝自由〟！　このことは彼にとって生涯《しょうがい》の指針となる。

悪魔の実を食べたのもこのころだという。ガシャガシャの実の能力によって、彼は単独で一個大隊に匹敵する戦力――〝一人軍隊〟として評価された。

ついに彼は戦場の英雄となる。

バレットの9番の活躍で、内戦はGF側の勝利に近づいた。上官のダグラス隊長は功績によって将軍にまでなりあがっていた。ダグラス将軍はバレットの9番を息子のようにかわいがった。そして約束する。「この戦争に勝ったら、おまえを戦場から解放する。軍の幹部にむかえてゆたかな暮らしをあたえる。本当の自由を手にするがいい」……と。

父同然に慕《した》うダグラス将軍の言葉に、彼は、はじめて夢を見た。

——戦争以外の〝自由〟。想像もつかないことだった。

バレットの9番の獅子《しし》奮迅《ふんじん》の働きによって反政府勢力は降伏に同意、ついに長い内戦にも終わりが見えてきた。

祝賀ムードにわくガルツバーグ。戦場の英雄は、しかし首都に凱旋《がいせん》するまえに敵に包囲された。ほかでもない味方のGF軍にだ。

——英雄バレットの9番。きさまの強さは、やがておれの地位を危うくする。

狡兎《こうと》死して走狗《そうく》烹《に》らる。獲物のうさぎが死ねば、猟犬も不要になり煮《に》て食われる。そんな故事のとおり、敵が降伏すれば、つぎにはじまるのは味方同士の権力争いだった。

国家のトップを狙うダグラス将軍にとって、彼の存在は危険すぎた。戦争における彼の勲功《くんこう》が世に知られることになれば、その人気は自分をしのぐだろう。だから始末する。戦争が完全に終結するまえに、英雄は、戦場で名誉の戦死をとげねばならなかった。

彼は失望する。自分を息子と呼んだダグラス将軍の裏切り。なぜなのかは理解できた。しかし納得はできなかった。

哀《かな》しみ。そして怒り。

ＧＦ軍は彼の能力と弱点を知っていた。悪魔の実の能力者が逃げられない海上で襲撃したのだ。それでもバレットは包囲を破り、生きのびた。

鍛《きた》えぬいた自分のチカラだけは彼を裏切らなかった。

彼は全ＧＦ軍と国家に宣戦布告する。そしてついにＧＦ軍の戦友、父親と呼んだダグラス将軍、祖国、すべてを殲滅《せんめつ》した。殺しつくしたのだ。すべての罪なきガルツバーグ国民を根絶やしにした。それら一連の大殺戮《だいさつりく》が「ガルツバーグの惨劇《さんげき》」だ。

ガルツバーグを壊滅《かいめつ》させせたダグラス・バレットの９番は、危険因子として世界政府に追われることになる。

自分を裏切った祖国を捨て、海へ出るときがきた。

裏切らなかった、たったひとつだけのもの。おのれの〝強さ〟のためだ。

——なんとでも呼ぶがいい。

ならばこの〝ダグラス・バレット〟という名を、だれよりも強く響かせようと。そこに、きっと自由はあると。…………

「——ダグラス・バレットとして指名手配された彼は、逃亡して海賊となります。その後なぜかロジャーの部下となり、悪名《あくみょう》を世に知らしめていきます。その凶悪さと危険性から二四年前、当時大将だったセンゴクさんによって……」

情報将校ブランニューの説明を聞きながら、ガープ中将は立ちあがり会議室から出た。

ガープが執務室をおとずれると、センゴクは書類を手にたたずんでいた。

頂上戦争後、仏のセンゴクは元帥の座をサカズキにゆずり、大目付《おおめつけ》という地位に身をひいていた。ガープとセンゴクは海軍学校の同期、大海賊時代のずっと以前から海の正義を守ってきた古参だ。

「親に裏切られ、戦友に裏切られ、祖国に裏切られ、ダグラス・バレットは他者をいっさい信じずに戦いつづけてきた」

ガープはセンゴクに語りかけ、歩みよる。

全盛期の〝白《しろ》ひげ〟エドワード・ニューゲート、そしてロジャー……当時、海ではそうそうたる面子《メンツ》が覇《は》を競《きそ》っていた。

負け知らずで海軍、海賊を撃破していったダグラス・バレットは、勢いロジャーと衝突する。

「そんなバレットに敗北を教え、やつを受けとめた男。それがロジャーじゃった」

ふたりのあいだに、どんなやりとりがあったのかは想像するしかない。とにかくダグラス・バレットがつぎに海軍の情報網にひっかかったとき、彼はロジャー海賊団の一員となっていた。

そうなっては海軍も、おいそれとバレットに手を出すことはできない。ロジャー海賊団の躍進とともに、バレットは〝鬼の跡目〟として悪名を輝かせ、恐れられていく。

「〝鬼の跡目〟と呼ばれ、ロジャーの強さを継《つ》ぎ、超えるべく戦いつづけたが……」

バレットがロジャーの船に乗っていた期間は、おおよそ三年と思われる。ロジャーがラフテルに至《いた》る以前に、バレットはロジャーの船をおりた。以後は〝一人海賊〟となったのだ。

ガープとセンゴクは知っていた。

バレットが、ロジャー海賊団に入った目的を。ロジャーに敗北した彼は、ロジャーを倒すために仲間になったのだ。いつの日か正々堂々と決闘を挑《いど》むために。袂《たもと》を分かったあとも、バレットのロジャーへの敬意は消えなかったはずだ。

「だが、ロジャーは死んだ。バレットの拳は行き場をうしない、ありとあらゆるものを破壊しはじめた」

バレットの存在が、ふたたびおおきく取《と》り沙汰《ざた》されたのはロジャーの死後だ。

大海賊時代のはじまりとともに、海は熱狂につつまれた。

海賊王と祀《まつ》られたロジャーの痕跡《こんせき》を消すことに躍起《やっき》だった世界政府と海軍にとって、いちどは〝鬼の跡目〟と呼ばれたバレットの存在は不都合だった。そして新しい時代の海賊たちにとっては、名をあげるのにこれほど都合のいい標的はない。

みながバレットの首を狙った。

バレットは目的もなく暴れはじめる。無差別の暴力だった。自分を狙う者も、そうでない者も。海軍も、海賊も、それが国家であれなんであれ、バレットは目のまえにあるものをすべて破壊する災厄《さいやく》そのものになった。

――世界を壊す。

「やつはロジャーとの決闘という目的をうしなった怪物……そのバケモノを野放しにできなかったワシらは、やつひとりを捕《と》らえるために……！」

サイクロンのように暴れまわるバレットに対して、海軍本部は〝バスターコール〟を発令した。攻撃を受けてついにバレットは逮捕、インペルダウンへ投獄された。

「同情などできん」

センゴクは告げた。手にしているのは、その最後の時期のバレットの手配書だ。

「そりゃァ、やつには無縁のモンだ」

同情など……投獄前、取り調べを通じてわかったことがある。ダグラス・バレットという男は、いちどたりとも自分の生《お》い立《た》ちを不幸などとは思っていなかった。親に捨てられようが、戦友に裏切られようが、もちろん激しい哀しみと怒りはあったが、それで心が折れ壊れたわけではない。

バレットは恨《うら》みを晴らすために戦ってきたのではない。生きることを、自分が信じるもの――強さに変えようとしただけだ。

しかしロジャーの死だけは……倒すべき相手が不本意にも死んでしまい、殴《なぐ》る拳の行き場がなくなってしまった。そのときバレットは、たぶん、はじめて恐れたのだ。

――ロジャーがいなくては、自分はもう強くなれないのではないか。

「世界をまきこむ戦争は阻止《そし》せねばならん」

センゴクはガープを見た。

正義の旗に、ためらいや後悔は必要ない。

そしてダグラス・バレットという男は、いかなる正義も仁義もとおらない〝強さ〟の化身でしかないのだ。

「そうじゃな……。いまいちど多くの血を流し、今度こそやつをとめる」ガープは盟友に応じた。「じゃが……それとも……ロジャーのように、やつを真っ向から受けとめる道があるのか……」

＊

究極バレットは万博島内を移動、海軍の上陸部隊を攻撃して、沖合の艦隊を挑発しつづけた。

メイン会場は廃墟《はいきょ》と化していた。火災が発生しこげくさい臭《にお》いが充満している。

そんな戦場を、傷だらけの仲間をかついだ男が歩いていた。

ウソップだ。服は破れ、乾いた血に煤《すす》がついてボロボロだ。肩にかついでいるのは彼の船長……ルフィは鉄巨人のバレットにたたきのめされて意識をうしなっていた。

「見たか……ルフィ、あの合体野郎、おれ様の迫力に……はァ、はァ……ビビッて、尻尾《しっぽ》まいていきやがった」

ウソップは空元気《からげんき》を出して、ルフィをはげます。

実際には――バレットは、パチンコで立ちむかってきたウソップを脅威《きょうい》とは見なさなかった。最悪の世代のルーキーたちを一蹴したあと、ウソップを無視して、あの究極の姿となり矛先《ほこさき》を海軍にむけたのだ。

「今日のところは、はァ……見のがしてやろうぜ……ぐっ」

ウソップがよろめく。手でかばう余力もなく、ふたりは顔から地面に倒れた。

ルフィはうめき声ひとつあげない。覇気もチカラもつかいはたしていた。

「死ぬなルフィ……ハァ、ハァ……おれたちの冒険はこんなところで終わらねェ……」

故郷の東の海《イーストブルー》を出てから二年あまり、ルフィとウソップは冒険をつづけてきた。出会い、別れ、別れて会って……。

バキバキバキ……！　ボッ！

炎にまかれた太い柱が、いきなり倒れかかってきた。

立ちあがったウソップが、ルフィをかばって柱を受けとめる。

「終わって……いいわけがねェんだ……！　ルフィは海賊王になる男だァ！」

柱をはらいのける。

だが、ついに建物が全面倒壊した。屋根も、壁も、あらゆる建材が激しく燃えながらふたりに降りそそいだ。

——〝魂の喪剣《ソウルソリッド》〟！

炎が凍りつく。

黄泉《よみ》の冷気が、折りかさなって倒壊する建材をそのままのカタチで凍《い》てつかせた。

もうろうとした意識のなか、ウソップは顔をあげる。

「ウソップ〜〜〜〜！」

チョッパーの声だ。

そして冷気の剣をあやつるブルックも。仲間たちが駆けよる。

ふたりはこの戦場を駆けまわって、ずっとルフィたちを捜していたのだ。

「大丈夫か！　いま手当を……」

チョッパーはトナカイから巨漢の人型に変形して、ウソップを介抱《かいほう》しようとする。

「早くルフィを……」

ウソップは船長の処置を優先するようにいった。血を流しすぎているのだ。

「でもウソップ、おまえも……」

「だのむ……！」

＊

そのころサンジとロビンは、まだブエナ・フェスタの地下のアジトにいた。

「ロビンちゃん急ごう。ここも長くは保《も》たねェ」

地下洞窟《どうくつ》にいるサンジたちには、地上でなにがおきているのか正確にはわからない。しかし強大な〝敵〟の振動は、いまや島のどこにいても感じられた。さらに〝バスターコール〟が発令されたなら、この地下洞窟のアジトもただではすむまい。

「………!　あった」

ロビンは机に散乱した資料のなかから、めあてのものを発見した。

そのとき、ひときわ激しい振動が地下をゆらした。

激震――洞窟の天井が大規模に崩落《ほうらく》する。ロビンの頭上に小舟ほどもある岩が無数に降りかかってきた。


ブォッオオオオッ!


炎が爆《は》ぜる。

崩落した天井の岩は、一瞬で消し飛ばされ、爆散した。

彼女を救った炎の能力者の登場を知ったとき、ロビンの表情に安堵《あんど》が浮かんだ。

＊

バレットははるか高くから沖を見やった。

海軍艦隊第二陣、さらに第三陣の船影が万博島を完全包囲しつつある。

「カハハハ……！　来たな、すべてを焼きつくす〝バスターコール〟！」

この無差別殲滅攻撃をしのげば、この究極の姿となったバレットを倒すことは、もはや海軍には不可能といっていい。

「──こいつをたたきつぶして、おれは世界最強へと駆けあがる！　つぎはきさまらだ、四皇《よんこう》！　ロジャー！」

目のまえに立ちはだかるものを倒すのだ。バレットの〝自由〟は強さ──それは戦い、倒し、勝ちつづけることのなかにしかない。

立ちどまるものか。ロジャーを……記憶のなかにいる最強の男を超えるまでは。

＊

究極バレットの攻勢によって海軍上陸部隊の指揮系統は喪失、巨大な敵に対して、組織的な反撃ができず、各個撃破の危機にあった。

「伝令！」伝令兵が命令を伝える。「大将黄猿より伝令！　全部隊、撤退《てったい》！　残存する艦に帰艦せよ！」

「どういうこと！　状況わかってるの？」

ヒナ少将が伝令を呼びとめて問いただした。

「〝バスターコール〟が発令されました！　大将艦隊第二陣、第三陣による集中砲火がはじまります！」

「いっ！」

「もう、すぐにです！」

伝令兵はさらに島の奥へと走っていった。そちらに行けばいくほど、自分が逃げられる可能性はゼロに近づくが、それが彼の任務だ。

──撤収《てっしゅう》だァ！　撤収！

──船なんかねェぞ！　どうなってんだ！

撤収命令によって、海兵たちはひたすら海岸をめざして走りはじめる。

「…………！　気にいらねェ」

スモーカーは憤慨《ふんがい》した。元帥サカズキは決断したのだ。いったんゴールデン電伝虫から
シルバー電伝虫に〝バスターコール〟が発令されたなら、島に住人がいようと、逃げおく

れた海兵がいようと命令が遅延することはない。

この万博島は更地《さらち》になる。比喩《たとえ》ではなく。

今回の〝バスターコール〟は、スモーカーの記憶の限りでは近年最大規模といえた。大将黄猿、藤虎《ふじトラ》、もちろん中将も五名以上。

この戦力は、まさにマリンフォード頂上戦争以来だ。四皇とガチの戦争をするレベルの。

だからこそ海軍は勝利するだろう。

しかし上陸艦隊の船は大半をバレットに奪われた。島にいる部隊のどれほどが逃げられるというのか……。

「スモーカーくん」

ヒナがうながした。将校である彼らが撤退を指揮しなくてはならない。

「……先に行ってろ」

いい残して、スモーカーはなんと巨大なバレットのほうにむかった。

「わたしも残ります！」

「おまえたちは兵を生かせ。ひとりでも多くだ。もう……生きのびれば勝ちだ」

スモーカーはたしぎに命じた。

「……バカな男」

問題児の心を察して、ヒナは同期をとめはしなかった。

海軍本部、元帥サカズキの本当の狙いは〝ひとつなぎの大秘宝《ワンピース》〟なのだ。もし〝バスターコール〟を停止させる一縷《いちる》の望みがあるとすれば、先にラフテルの永久指針《エターナルポース》を押さえるしかなかった。あのダグラス・バレットを倒して……！

ボゥッッ――

白い煙と化し、スモーカーは飛ぶ。

「脱獄囚が……！　好き勝手暴れてんじゃねェ！」

だれかが、あのバケモノを倒さねばならなかった。

「――〝陽炎《かげろう》〟！」

噴火口跡にさしかかったとき、煙のスモーカーの行く手に謎《なぞ》の火柱が立ちあがった。

バレットのことで頭がいっぱいで、不意を衝《つ》かれたスモーカーは炎柱に激突した。炎にまきあげられながら、体勢を立てなおして着地する。

「………？」

「やつをぶっ飛ばすのは賛成だ海兵！　だが、たったひとりで勝ち目はあるのか」

「てめェは革命軍……！　たしか麦わらの……」

スモーカーは背中の十手《じって》を握った。

「ルフィを知ってんのか。お手やわらかにたのむよ……おれの弟だ」

炎と化す自然系《ロギア》メラメラの実の能力者。

あらわれたのはドラゴン率いる革命軍のナンバー2《ツー》・サボだった。ルフィ、亡《な》きエースとは盃《さかずき》を交わした義兄弟でもある。地下洞窟のアジトで、落盤からロビンを救ったのは彼だったのだ。

＊

〝海賊女帝〟ボア・ハンコックは蛇《へび》のサロメをともなって万博島を走っていた。

「ああ、ルフィ心配じゃ……！　どこに……」

愛《いと》しい人を求めて捜してまわる。

と、瓦礫《がれき》の下から赤いなにかがのぞいて見えた。

「あれはルフィの？」

ムニュ……。

ルフィの赤いベストだと思い、ハンコックは駆けよると、それをひっぱりだそうとした。

「は？」

「へ？」

やわらかくてきもちわるい感触。

瓦礫の下からあらわれたのはバギーだった。バギーの赤い鼻だったのだ。

ハンコックの回転蹴《かいてんげ》りが炸裂《さくれつ》した。

「だれじゃ、そなたは！」

「ほげェ〜〜〜〜！」

＊

巨漢の人型になったトナカイの背中で、ルフィが意識をとりもどした。

「ルフィ！　気がついたか！」

「チョッパー……ブルック……」

まだ意識がはっきりしないようすで、仲間の名を呼ぶ。

火災のおきたメイン会場から逃げだし、サニー号にむかうところだった。ウソップはブルックに背負われている。

「ウソップが、ボロボロのおまえをつれて倒れていたんだ！　いったいなにがあったんだよ。……おれたち聞いたんだ！　このままだと島に〝バスターコール〟が来ちまうし、あのデカいのムチャクチャだし……！　サニー号のみんなともまだ連絡がとれねェ」

「……ありがとうチョッパー、もう大丈夫だ」

話を聞くと、ルフィはチョッパーの背からおりた。

「え？　でもルフィ……」

「おまえらはサニー号にもどっててくれ。心配すんな、大丈夫だ」

そうか〝バスターコール〟か……といって、あらためて敵の姿を探す。

あれがバレット……！　鉄巨人からさらに巨大化したその姿は、万博島にそびえる幻の巨神のようだ。能力の覚醒で、軍艦や海賊船までとりこんだらしい。

「ルフィ……」

ブルックの背中に背負われていたウソップが咳《せ》きこむ。おろしてくれ、とブルックにたのむ。

「ウソップ！　助かった。もうすこしで──」

「すばねぇ……」

ウソップは倒れこみながら両手を地面についた。

「…………」

「ほんどうに大事なときに……おれは役に立たねェ。ぜんぜん強さがたりねェ……ちぐしょうォお……！」

くやしい気持ちを吐きだす。

ウソップは勇敢な海の戦士になりたかった。そのために仲間たちと冒険をして、二年間の修業もかさねた。

しかし、あのバレットは……ウソップなど眼中にもなく、海賊としても男としても相手にされなかった。

ウソップは涙をボロボロ流した。くやしくて、くやしくて、くやしくて……。

「みんな……ずまねぇ……」

ウソップの心は戦いにすすもうとしていたが、体が、もう一歩も動かないのだった。

「ちょっと待ってろ、ウソップ」ルフィは告げた。「おまえはまだ、あいつに負けてねェ」

ウソップを仲間に託すと、ルフィはふたたび起《た》つ。

船長として、すべての件《コト》にケリをつける。

筋肉風船、武装硬化。

覇気をまとう復活の〝ギア4《フォース》〟――〝弾む男《バウンドマン》〟は空を蹴り裂いて飛んだ。

「バレット～～～～～～！」

*

万博島の上空で、モクモクの実とメラメラの実の能力者は、煙と炎となってもつれあった。

「てめェの相手をしてる場合じゃねェんだよ！　革命軍！」

「おれと、おまえの能力じゃ勝負はつかねェよ」

スモーカーとサボは得物《えもの》の十手と鉄パイプでたがいに打ちあう。

「おまえら、そこどけェえええええ！」

「？」

ふたりが声にふりむくと、行く手をだれかが飛んでいた。

どけというなら自分がどけばいいものを、どういうわけか自分からむかってくる。

ドガッ！

激突寸前、スモーカーとサボはそいつを足でとめた。バギーだった。

「ぐえっ」

バギーは墜落する。下を見ると、赤々と燃えさかる会場に大蛇《だいじゃ》に乗った女がいた。

「案内ご苦労……そなたら！　ルフィの居所を知らぬか」

「〝海賊女帝〟……！」

ボア・ハンコックだ。いきさつは知らないが、バラバラの実の能力者の足だけを持って、空からルフィを捜させていたらしい。

スモーカーとサボは、ひとまず地上に降りた。

ブンッ――

そのとき、だれもいなかったはずの背後にだれかが出現した。

スモーカーは即座に十手をふりむけた。相手は、それを大太刀《おおだち》で受ける。

「トラファルガー・ロー……てめェら、元もふくめて七武海が雁首《がんくび》そろえて、なにしにきやがった」

スモーカーは挑発した。

「熱くなるな。おれはバレットにひと泡吹かしてやろうってだけだ」

「おれは、この祭りの黒幕に用がある」

ローが告げ、サボがいった。主催者ブエナ・フェスタのことだろう。

「おいおい……なに油売ってんだ、この素っ頓狂《スットンキョー》ども！」

バギーは逃げたいのだが、バラバラにした足がハンコックに捕まってしまっている。こうなると鎖《くさり》につながれた飼い犬同然で、一定範囲しか動けなくなってしまうのだ。

「――すぐ逃げねェと殺されち……ふぎゃ！」

「そなたら、いったいなんの話をしている！　わらわはルフィがどこにいるかと！」

ハンコックはバギーを踏みつけにすると上から目線で質《ただ》した。

スモーカーはそばにあった鉄骨をガンッ、と殴りつけた。

「てめェらジャマすんじゃねェ。もう……時間がねェんだ」

スモーカーは〝バスターコール〟が発令されることを告げた。

すると、さすがの七武海と革命軍も彼に注目した。〝バスターコール〟が発令されてなお、こんなところでモタモタしている中将殿に興味がわいたのだ。

「……なるほど時間がねェ、か。そして、この場にいる唯一《ゆいいつ》の戦力は全員バラバラ……」

ローが皮肉をこめる。海軍、海賊、革命軍、七武海……。

「あァ……？」

「まぁ、聞け白猟屋《はくりようや》……おまえら死にたくねェなら聞け。やつを……バレットをあの巨体からひきずりだす策が、おれにある」

「ハデバカ野郎！　死にたくねェから逃げるんだろ！　アホかおま……ほわァあああ……」

どなりちらしかけたバギーだったが、急に気持ちよくなったみたいに変な声をあげて、へたりこんでしまった。スモーカーが海楼石《かいろうせき》の十手でつついたのだ。

「話せ」

スモーカーはローにつめよった。

「チャンスはいちどだ。失敗したら命はねェ。だが、ほかに手はねェ」

「海賊の策に命張れってのか……！」

——うぉおおおおおおおおおおおおおおおおおおっ！

そのとき、一同の頭上をなにかがよぎっていった。

覇気をまとった黒いカタマリが飛んでいく。あれは、なんだ。ハンコックはすぐに気づいた。

「ルフィ……！」

＊

〝弾む男《バウンドマン》〟ルフィは巨大な究極バレットの背後にせまった。

ポン！　ポン！　ポン！　ポン！　ポン！

ゴムの足を蛇腹《じゃばら》状にたたんで、目には見えないほどの速さでちぢめてはのばし、連続的に空気を蹴りだし推進する。空を弾《はず》むのだ。

「カハハハ……生きていたか、麦わら！」

背後からせまるルフィに、バレットは気づいていた。

ふりかえるのではなく、その背中から——ガシャガシャと新たな頭と角が生えた。そして全身が見る間に表裏逆転していく。

鉄巨人は潜水艦を変形させた巨大ロボットで、そこにバレットが乗りこみ操縦していた。しかし、この究極バレットの動きはひどく生物的に感じられた。大量の素材を能力で人型に固化させつつ、動くときはスライムじみた半液体のようにふるまう。究極バレットに足はなく、上半身だけがずるずると這《は》うように移動する。艦船、資材をまとめているのはガシャガシャの実の能力と、バレットの圧倒的な覇気だ。

その究極バレットめがけて、ルフィは空を突進した。

「〝ゴムゴムの猿王銃《コングガン》〟！」

だが、ふたりのサイズは桁《けた》ちがいだ。〝弾む男《バウンドマン》〟となったルフィですら、究極バレットの小指の爪ほどもなかった。ただでかいだけならまだしも、究極バレットは強力な覇気をまとっている。であれば勝負は圧倒的な質量差できまる。

勝負にならない。〝弾む男《バウンドマン》〟は文字どおり、はじきかえされた。

ドガガン！

ルフィは地面に激突した。スモーカーたちがあつまっていた、まさにそこに。

衝撃で、その場にいた全員がふき飛ばされた。

「てめェは……！　いったいなにしてんだ！」

落ちてきたのがルフィだとわかって、スモーカーはますます不機嫌になった。

「あははは、ルフィ」

サボはゆかいそうに笑う。バギーは……落下の衝撃で気絶していた。

「くそっ……強《つえ》ェな、あのパンチ」

「ルフィ！　会いたかったぞ！　ケガはしておらぬか」

ハンコックがルフィに駆けよる。

「あ、ハンコック！　ひさしぶりだな元気だったか」

「！」海賊女帝はときめいた。「自分の体より、わらわの心配を……」

メロメロの実の能力者はよろめいて倒れてしまう。

「あ、トラ男《お》！　よかったぶじだったか」

ルフィは顔見知りにあいさつした。

「麦わら屋。おれにやつをひっぺがす……あのバケモノから、バレットの本体をひきずりだす策がある。ただし……」

「ほんとか？　よし、やろう！」

ルフィは立ちあがった。

「……最後まで聞け！」

「お、サボ！　ケムリン！　よし、やろう」

ルフィはサボとスモーカーを見て、いった。

「麦わら屋……！　失敗したら死ぬかもしれねェんだぞ」

「心配ねェよ。ここにいるやつらでやるんだろ？　なら大丈夫じゃねェか」

「………！」

ロー、スモーカー、サボ、もちろんハンコックも、このルフィの言葉が心に刺さってしまった。

やるしかないのだ。だからみんな、この戦場に踏みとどまっている。

であれば、やらない理由を探している場合ではなかった。

「こまかいことはトラ男にまかせる。おれは……とにかくあいつに勝ちてェ」

「ははっ」

「上等だ」

「ルフィ……わらわは、どこまでもついていきますぞ」

「…………」

サボは笑い、スモーカーはさらに不機嫌そうに、ハンコックは恋する乙女《おとめ》の目で……そしてバギーは気絶していた。

「迷っている時間はねェか」

発案者のローも覚悟をきめた。

「いくぞ」

五人、気絶者一名をあわせて六人が〝最強〟のダグラス・バレットに挑む。

最終決戦。

ルフィたち――そして彼ら以外にも、この死地に残った七番目の男がいた。

サイファーポール〝イージス〟ゼロ。

「…………」

ロブ・ルッチは気配を消して動向をうかがう。彼は海軍とは別に、世界政府からの密命を受けていた。目的はもちろん海賊王の遺産、ラフテルの永久指針《エターナルポース》だ。

6
STAMPEDE

ブエナ・フェスタは、たったひとりメインタワー屋上から彼の戦争《マツリ》をながめていた。

「なんだそりゃ……？　海賊と海兵、七武海《しちぶかい》に革命軍だと？　よせあつめじゃねェか！」

そんなもので戦況はくつがえらない。ダグラス・バレットは最強なのだ。

*

〝弾む男《バウンドマン》〟のルフィは、すぐに戦場の空へと蹴《け》りあがった。

「あのバカ……本当になにも聞かねェとは」

ローはあきれてしまう。

「で、策は」

スモーカーまで、いまにもルフィを追いかけていってしまいそうだ。

「やっかいなのはバレット《やつ》の異常な覇気《はき》だ」

ローは手短に話した。

ガシャガシャの実の合体人間。だが巨大化というだけなら脅威ではない。あの究極《ウルティメイト》バレットの恐るべきところは、そのガラクタを覇気でおおっていることだ。

その圧倒的覇気ゆえに、ローのオペオペの身の能力でも切断破壊することはむずかしい。

「おれの能力で、やつの巨体をおおった覇気に隙間《すきま》だけはつくる。おまえらそこを攻撃して、やつの体を削《けず》れ」

覇気に隙さえつくれば、あれは船や資材の集合体にすぎない。ここにいる面々であれば物理的に削り、破壊することはできるはずだ。

「――やつは再合体しようとするだろうが、そのまえに全員でとどめをさす！　隙はいちどしかつくれねェ」

負傷したローの体力からしても、チャンスはいちどだろう。

失敗すれば……？　命はない。究極バレットにせよ〝バスターコール〟にせよ、あとかたもなくなり葬儀屋の手間もかからないはずだ。

「なにが悲しくて、こんなバカどもと……」

嘆《なげ》くスモーカーだったが選択肢《せんたくし》はなかった。すでにルフィは行動してしまっていた。

「――〝ゴムゴムのォ〜〜〜〜〟」

「また威勢だけか、麦わら！」

再度せまった〝弾む男《バウンドマン》〟を見て、バレットはその手をおおきく掲《かか》げた。

ハエたたきだ。バチィ！　と音がして、ルフィはまたも地面にたたきつけられる。

「くそっ！　やっぱ強《つえ》ェ……このままじゃ勝てねェ」

「くだらねェ即席チームだが、ちょうどいい……海軍も海賊も、おれにたてつくすべてを消す！」

ォオオオン！　ガガガガガガガガガガガガガガガガガガガ！

究極バレットのパンチが地面をえぐる。

さながら、この世の終わりだ。天災級の衝撃のなか、全員、いったん散った。

「麦わら屋につづけ！　おれの能力の発動が合図だ！」

「まかせたぞ、ルフィの友達！」

炎と化したサボが飛翔《ひしょう》する。

「…………！　友達じゃねェ！」

舌打ちしつつ、ローはバレットに接近するチャンスをうかがう。サボの炎とスモーカーの煙、自然系《ロギア》のふたりがハデにやりあっているあいだがチャンスだ。

「本当に成功するんだろうな」

ローは背後に声を投げた。

隠れて立っていたのは——クロコダイルだ。ふたりは同盟を組み行動をともにしていた。

「モタモタしやがって、つかえねェガキどもだ」

「そんな態度だから、おれが代わりに交渉したんだろうが……！　手はずどおり、おれがバレットの変化を誘う。そこに……」

「——いちどならず二度までも、よくも、わらわの愛《いと》しき人を……許さぬ！」

ボア・ハンコックは愛しきルフィを痛めつけたバレットへの怒《いか》りで、まわりが見えなくなっていた。究極バレットの腕にとりつくと巨体を一気に駆けあがっていく。

「〝大芳香脚《パフユーム・フエムル・マグナ》〟！」

ズウゥッ……！

覇気をこめた回転蹴《かいてんげ》りが究極バレットの腹部に炸裂《さくれつ》した。山すらのけぞるほどの威力。

しかしハンコックは、ルフィが相手にしていたバレットが、どれほどのバケモノか身をもって知ることになる。

「なんて硬さじゃ……！」

武装色《ぶそうしょく》の覇気は鎧《よろい》だ。仮に攻撃の衝撃は伝わったとしても、その巨体は船や資材のカタマリにすぎない。これではバレット本体にダメージはあたえられない。

「カハハハ！　きさまら全員、一撃のもとに消してくれる……！」

究極バレットは青い光をまとった。巨体はガシャガシャの実の能力で変形、再構成されていく。

「！　女帝屋、でかした！」

そのバレットが変形する瞬間こそローが、クロコダイルが狙っていたものだった。

「バカが……　〝浸食輪廻《グラウンド・デス》〟！」


バゴッ！　ドバババババァ――――


スナスナの実の能力者はその身を砂と化す。ふれたものの水分を奪《うば》い風化させることもできる。

あたりの瓦礫《がれき》をすべて砂と化すと、クロコダイルは砂嵐をおこした。

「〝砂嵐《サーブルス》〟！」

いっぽう究極バレットはさらなる変形をとげていく。たくましく、より強く――――バレットが描きつづけた最強の自分、そのイメージを研《と》ぎすましていく。

ォオオオオオオオオオオオオオオ！

究極バレットは咆吼《ほうこう》する。

そこに、思いがけない砂嵐が襲《おそ》いかかった。

「!? クロコダイルか!」

「何年ぶりだ合体野郎」

クロコダイルが姿をあらわした。

砂嵐がバレットにまとわりつく。こまかい砂が合体再構成中のバレットの右腕の隙間に入りこんでいく。

旧敵クロコダイルの姿に、バレットは注意を奪われた。大海賊時代以前の海の匂《にお》いを残している海賊は、そう多くはない。〝鬼の跡目《あとめ》〟と戦って生きていたやつは、とくに。

「カハハハ! きさまもここで消してやるよ! 島の半分くらいは消し飛ぶか?」

人型のバランスを崩《くず》すほど肥大化した青い腕が完成していき、その拳《こぶし》に覇気がやどる。

そこに、ローが割りこんだ。

「〝ROOM《ルーム》〟」

オペオペの実の能力射程は究極バレットをつつみこむほどになった。対象がおおきくなれば、それだけ能力者の体力消耗《しょうもう》は激しくなる。

「…………?」

自分がなにかの能力にとらえられたと感じて、バレットは右腕をふりあげた姿勢で動きをとめた。

「〝シャンブルズ〟！」

発動。ローが交換したものは——砂嵐と、あたりにあった瓦礫だった。

こまかい砂粒ひとつひとつが、ひとかかえもある大岩に。

バレットは、たちまち岩の嵐に襲われた。

「ぐぉっ……？」

合体再構成中だったバレットの右腕は内部まで大量の砂が入りこんでいた。その砂が、おおきな岩に置換されて、歪《いびつ》に固まっていく。


ガシャガシャガシャガシャガシャガシャガシャガシャガシャガシャガシャ……！


究極バレットは右腕をふりあげた姿勢で停止した。大量の異物が入りこんでしまい、うまく体が機能しない。

「フン……ざまァねェな」

「ここからが勝負だ」

クロコダイルとローは仕事をした。そして――

「こんな小細工で……おれがとめられるかァ！　瓦礫ごととりこんで覇気をまとえば終《しま》いだ！」

バレットは右腕の部分だけ、いったんガシャガシャの実の能力をといた。そして、すぐに青い光をまとい右腕の再構築をはじめようとする。

「いまだ海兵、行くぞ」

「おれに命令するな！」

サボとスモーカーは炎と煙となる。狙いは再構築中の究極バレットの覇気の隙だ。

――〝ホワイト・ブロー〟！

――燃える竜爪拳《りゅうそうけん》！「火炎」〝竜王《りゅうおう》〟！

ふたりの攻撃が究極バレットの右肩を削る。爆砕――肥大化したバレットの右腕は再構築されるまえに崩壊《ほうかい》、肩口から切断された。

「…………！　ムダなことを！」

それでもバレットは動じない。彼本人はなんらダメージを受けたわけではないのだ。ちぎられた右肩から再構築がはじまり、ガシャガシャと青い光をまとった組織がのびて、落ちていく右腕の部分と再結合しようとした。

その、落ちていく腕の下には……。

「イテテ……クソ！　なんだったんだいったい……記憶がとんで……ハッ！　そうだ麦わらだ！　あのクソゴム！　ふざけやがって！　おれ様をだれだと思ってやがる！　泣く子もだまる七武海だぞ！　見つけてコテンパンに……ん」

バギーだった。頭上をおおった影に、ふりあおぐ。

そこには落下してくる巨大物体——バレットの右腕がせまっていた。

「なんだ、ありゃあああああああ！　ふざけんじゃねえ！　くたばってたまるか！　せっかく七武海までのしあがったんだ！　まだまだバギー様の伝説ははじまったばかりなんだよ！　こんなところで人生終えてたまるかってんだよコンチキショーめ！　まあでもけっこう楽しかったかな……お母さん産んでくれてありがとう、ってまだ死んどらんわ！　アホか！　このハデバカ野郎めっ！　はっ！　そうだ！　おれ様にはおれ様名物とっておきの……」

逃げようとしたバギーだったが、思いついたように踏みとどまって頭上をあおいだ。

「特製必殺！　〝マギー玉〟！」

靴の足先からちいさな砲弾が発射され、バレットの右腕に炸裂した。

ポスッ……

ちいさな爆発音があったが、なにしろ的がデカすぎる。

ギャギャギャギャギャギャギャギャギャンッ！

だが直後――謎《なぞ》の衝撃とともに究極バレットの右腕に亀裂《きれつ》が生じていく。

「⁉　なんだ……」

異変に気づき、バレットは顔をしかめた。

あの赤《あか》っ鼻《ぱな》の七武海の仕業《しわざ》ではない。いまの攻撃は……。

バレットは謎の衝撃が飛来した方向を見た。そこには……白い帽子とコート、眼光鋭い男が片足立ちの姿勢で立っていた。

その蹴りは岩をも断《た》つ。〝六式《ろくしき》〟の〝嵐脚《ランキャク》〟だ。

「サイファーポール……！　世界政府の狗《いぬ》か！」

「…………」

ロブ・ルッチは無言でバレットをにらみかえした。彼の目的はひとつ、ラフテルの永久指針《エターナルポース》を確保すること。

まさに天竜人《てんりゅうびと》の支配をゆるがす〝ひとつなぎの大秘宝《ワンピース》〟を海賊にわたすわけにはいかない。

「え？　なんでこんなに効《き》いてんだ……ギャハハ、どうだ見たか！　おれ様のチカラ！」

ルッチの存在に気づいていないバギーは、マギー玉の予想外の破壊力にびっくりしながら調子に乗って胸をはった。

＊

究極バレットの腕がひとつ、落とされた。

「おいおい！　もりあげるじゃねェか……！」

観戦するフェスタは余裕を見せながらも、内心はおだやかではなかった。

究極バレットは右腕を肩からうしなったもののいまだ健在だ。だが、はっきりいって想定外だった。最後の敵はあくまでも海軍と〝バスターコール〟のつもりだったからだ。


「──カハハハ……！　これで追いこんだつもりか！」

究極バレットは左腕をふりあげ武装色の覇気をまとう。

「まずい……！　はなれろ！」

ローがさけぶ。スモーカー、サボ、ハンコックたちはおおきく距離をとった。

「片腕ぶん削《そ》がれようが……」

ドオォォン！　究極バレットは左手を地面にたたきつけた。

「ぎゃあああ！　どわあああ！」

逃げおくれたバギーだけがまきこまれた。

「カハハハ!!　きさまらを消すには充分だ……！」

その勢いはとどまることを知らない。このままでは……。

「ダメか……」

ローは息を荒げた。能力の多用によって体力は限界だ。

「まだだ」サボがいった。「全員で、もういちどやつを削る」

「…………？」

ローたちは革命軍のナンバー2《ツー》を見た。

古傷の痛々しいその横顔は、まったく絶望してはいなかった。なぜなら――

「ルフィにつなぐんだ」

チラっと空をあおぎ、サボはふたたび炎となる。

「麦わら屋……？　ッ！」

〝弾む男《バウンドマン》〟ルフィは空高く。

「あいつのパワーを超えるには、これしかねェ！」

ルフィはおおきく息を吸って、腕を嚙《か》む。

筋肉風船を、さらに増強するのだ。ルフィの能力と覇気の限界まで。その腕は〝弾む男《バウンドマン》〟の身の丈《たけ》よりもさらにおおきく巨人族の腕ほどに、そして、さらにおおきく……！

「ルフィ！」

ハンコックが歓声《かんせい》をあげる。

絶望的な戦場の空に、モンキー・D・ルフィは健在だった。そして、その戦意はうしなわれていない。〝弾む男《バウンドマン》〟がふくらませつづける右腕は、みるみる巨大化、腕だけは究極バレットに匹敵するサイズにまでなっていく。

「麦わら屋につづけ」

いちばん疲弊《ひへい》しているはずのローが指示した。

もういちど——行くも死、逃げるも死であるなら。

彼らの〝覚悟〟を見てとったとき、戦場にいた者たちは、たとえ仲間ではなくともひとつの意思となって動いた。

「ぶへっ！　助かった……こんなもんつきあってられるか」

バギーは運よく生きのびて、やっぱり逃げだした。

「なんだァ……？　腕？」

バレットが、ようやく上空のルフィの存在に気づいた。

どうやらゴム人間は体を空気でふくらませているらしいが……いくら覇気をまとおうと、そんなゴム風船にガシャガシャの実の能力が負けるはずがない。

サボ、スモーカー、ハンコック、そしてローは四方向からバレットを囲った。

「バカが！　はじきかえして終いだ！」

いかなる攻撃をくりだそうと、究極バレットの武装色は鉄壁の鎧《よろい》だ。

全員、突撃――ローは刀の鞘《さや》を捨てふたたび能力を発動する。一か八か……！

〝ＲＯＯＭ〟――〝シャンブルズ〟！

つぎの瞬間、四方からしかけた四人は一瞬でバレットの懐《ふところ》深く肉薄した。瞬間移動だ。

「！」

虚を衝《つ》かれたのはバレットだけではなかった。事前の打ちあわせもなしだった。しかしスモーカー、サボ、ハンコックはすぐにローの意図を察した。

「こんなところで死んでたまるかァ……あれ？　どェっえええ！」

ついでのようにバギーももどってきてしまっていたが、ほかの四人は技をくりだす。

炎が、煙が、〝虜の矢《スレイブ・アロー》〟が、〝ラジオナイフ〟が——

ひとつの攻撃となって究極バレットをつらぬく。

武装色の覇気の鎧さえ破り、究極バレットの腹部が半分削れるほどの風穴をあけた。

ついにバレットの覇気が乱れる。

「ぬおおおお……！　こざかしいわっ！　すべてたたきつぶしてくれる！」

ガシャガシャの実の能力が発動する。

どてっ腹をえぐられた究極バレットは激しくのたうった。体を振動させながら……なんと、なかったはずの下半身と脚《あし》が生《は》えはじめた。

「あの状態になって動けるのか……！」

ローがうなる。渾身《こんしん》の一撃をくりだした四人はそのまま地面に落ちて、倒れこんだ。


ボンッ、ボンッ、ボンッ、ボンッ、ボンッ、ボンッ！


「うおおおおお！　バレットォおおおお！」

攻撃はつながる。

真打ち――〝弾む男《バウンドマン》〟が空で躍動する。〝ギア4《フォース》〟のルフィは巨大化した右腕をふりかぶった。

「これなら……負けねェ……！」

ルフィの腕は究極バレットに匹敵するサイズに。それが蛇腹《じゃばら》状にたたまれて、めいっぱいにゴムのパワーをためている。ルフィは、ほどんど腕だけのような姿になっていた。

「よせあつめどもが！　調子にのってんじゃねェ！」

青い光が究極バレットの全身をおおっていく。右腕、腹部をごっそり削られて再構築は追いつかないが、下半身の構築が終わると、足場を固めて、すべての覇気と能力を左腕に集中していった。

「〝ウルティメイト・ファウスト〟！」

「ゴムゴムのォ……」

ゴムの腕をめいっぱいにのばして、その張力も利用して、ルフィは〝弾む男《バウンドマン》〟のパンチをさらに加速――猛加速させた。

ゴッ！　ゴゴゴゴゴゴゴゴゴゴゴゴゴゴゴゴゴゴゴゴ…………！

巨大なふたつの拳が激突する。武装色の覇気はきしみあい共鳴する。

「おおおおおおおお……！」

「ぬォおおおおお……！」

空振《くうしん》、地鳴り、あらゆる天変地異の予感が万博島をおおいつくしていった。ふたりの戦いに島は砕かれながら悲鳴をあげた。

決着だ。

ルフィは渾身のパンチを撃ちぬいた。

「おおおおおおっ！　〝大大大猿王銃《キングキングキングコングガン》〟！」

＊

打ちぬき、勝ったのはルフィの拳だった。

「おおおおおおおおおおおおおおお！」

覇気を破り、究極バレットの拳を撃ち砕いたルフィは、そのまま敵の頭部に痛撃をくらわせた。

ゴッ！　ドッカァ……！

究極バレットの頭部が爆発した。青い光が拡散し、ガシャガシャの実の能力が解除されていく。その巨体を維持《いじ》できなくなり、山体《さんたい》崩壊さながらにバラバラに崩れおちていった。

ロー、サボ、スモーカー、ハンコックはルフィの勝利をさけぶ。

サニー号にいる麦わらの一味たち、大船団、そこにむかうチョッパー、ブルック、ウソップ、そしてロビン……撤退中の海兵たちも恐るべき究極バレットの最後を見とどけた。

「…………？」

だが、そのときルフィは気づいた。

崩壊していく究極バレットの残骸《ざんがい》のなかに、なにかが……いる！

鉄巨人バレットだった。

原型をとどめて動いていた。つまりバレット本人は、あのなかにいる……！

「うぉおお……！　麦わらァ……！　よくも……だが残念だったな！」

空中で、鉄巨人バレットは落下しながら身がまえた。

ルフィの腕の筋肉風船はみるみるしぼんでいく。それでも覇気とともに〝弾む男《バウンドマン》〟の姿を維持しつづけた。余力はいくらもあるまい。さらにいえば、最悪の世代の総がかりでも、あの鉄巨人バレットにすら勝てなかったのだ。

「…………！」

「あと一歩〝強さ〟がたりなかったな……！」

鉄巨人の腕がルフィを標的にする。着地した瞬間、バレットは牙《きば》をむいて襲いかかってくるはずだ。


パキッ……


だれも、その木の実が割れる音には気づかなかった。

鉄巨人バレットのボディに入りこんでいた多数の木の実——クルミ弾が割れて、なかから緑の芽がふく。おどろくべき速さで成長し、蔦《ツル》が、たちまち鉄巨人のボディをがんじがらめにした。

「な……なんだ、こりゃァ？」

さすがのバレットもうろたえた。操縦席まで機体の内部から生えてきた蔦に埋めつくされて、一瞬、動きを封じられてしまったのだ。

ギギギギッ……！　バギッ！　バギン！

どんな堅固《けんご》な鎧であっても内部から膨張《ぼうちょう》する圧力には耐えきれない。鉄巨人バレットは空中でひしゃげて、ついに四肢《しし》がバラバラになって空中分解した。

「ぶっ壊れた？　どうなってんだ」

サニー号にむかいながら、戦いを見あげていたチョッパーとブルックは、なにがおきたのかわからない。

わかっていたのは……ブルックの背中に負われた傷だらけの狙撃手《そげきしゅ》だけだった。

「必殺〝緑星《みどりぼし》・蛇花火《へびはなび》〟……！　強い衝撃で発動する……援護こそが狙撃手の花道だ」

＊

軍艦と海賊船をあつめた超巨体も、鉄巨人の鎧も破られて破壊された。

ダグラス・バレットの敗色は、すでに濃厚かと思えた。いかなる強者であっても、これで〝バスターコール〟が発令されれば、生身《なまみ》で生きのびることなどできるのか。

「バレットぉおおおおおおおおお！」

メインタワーの屋上で、ブエナ・フェスタは目を血走らせて絶叫した。

「──〝バスターコール〟はまだだぜ！　まさかそんなガキどもにおれの計画《マツリ》は……ああああ…………！」

＊

鉄巨人バレットはウソップが残したトラップ、〝緑星・蛇花火〟に破壊された。

バレットはその身を守る鎧をすべてうしなったのだ。

「やっと出たな！」

落下してくるバレット本人の姿をとらえて、クロコダイルはその身を砂と化した。

狙いは──ラフテルの永久指針《エターナルポース》。ついでに〝鬼の跡目〟との決着もつける。

「宝はいただく……！」

もうひとり、戦いを見守っていたＣＰ－０のロブ・ルッチもまた、このチャンスをのがすわけがない。彼は動物系《ゾオン》ネコネコの実モデル〝豹《レオパルド》〟の能力者だ。人獣と化したルッチは六式〝剃《ソル》〟で加速、一気に距離をつめた。

ギュオオオオオオオオッ！

そこに、猛回転する高熱の輪が割りこんだ。

〝悪魔風脚《ディアブルジャンブ》〟──

「〝粗砕《コンカッセ》〟！」

サンジだ。回転踵蹴《かかとげ》りと、豹《ひょう》となったルッチの六式〝嵐脚《ランキャク》〟がぶつかりあう。

そして砂の刃《やいば》となったクロコダイルのまえには、こちらも〈サウザンド・サニー号〉から駆けつけたゾロが割ってはいった。

ギィイイン！

「船長《キャプテン》のジャマすんじゃねェ！」

たのもしい仲間たちによってクロコダイルとルッチははばまれた。そして――

〝弾む男《バウンドマン》〟は肉薄する。

ありったけの覇気をまとって。硬化した拳の先には生身のダグラス・バレットがいた。

一瞬、意識がとんでいたかに見えたバレットだったが、気がつくと鬼気せまる表情でルフィをむかえうつ。

「麦わらァ……！」

いかにバレットといえど、あれほどの巨大な物体に覇気をまとわせつづけたのだ。消耗していないわけがない。ローは「敵を削れ」といった。スモーカーやサボ、ハンコックの攻撃はたしかに敵の覇気を削っていた。ルフィの〝大大大猿王銃《キングキングキングコングガン》〟は効いていた。その証拠に、いまバレットの表情に余裕はまったくなかった。

「こっからが決闘だ！　バレット！」

「決闘……いい度胸だ！　どっちが強ェか殴《なぐ》りあいといこうぜ……！」

武装色硬化。

たがいに、残る、すべての覇気を拳にこめて。

「おまえはとんでもなく強ェ！　だけどおれは……おまえを超える！」

〝弾む男《バウンドマン》〟は加速する。

「きさまにはムリだ！」

バレットの信念はゆるがない。

この麦わらのルーキーの強さをすこしでも認めることは、二〇年間の獄中でチカラをつみあげてきたバレット自身を、すべて否定することになる。

いいいいいいいいい、仲間のためにい戦うやついなど………！

バチィイイイイッ！

バレットは拳をふりぬきルフィの体をそらせた。直後、空を蹴る。六式〝月歩《ゲッポウ》〟に近い動きで空を駆けあがった。〝弾む男《バウンドマン》〟も空を蹴る。空中戦をさまたげるものはない。

殴りあい。

武装色の覇気によるドツキあいだ。それしかなかったのだ。それが、たがいに、もっともチカラを発揮できる戦術だった。

「この海は戦場だ！　おのれのみを信じ、ひとりで生きぬく断固たる覚悟にこそ、無敵の〝強さ〟がやどる！」

バレットにとって〝強さ〟とは信仰だ。命と生涯《しょうがい》をかけた修練だ。だから、それは完全な孤独のなかで培《つちか》わねばならなかった。そこに他者が関与したなら、まがいもののチカラになってしまう。

白《しろ》ひげは死んだ。

バレットが知る海で威勢をきわめていた大海賊は死んだ。病《やまい》に負け、老《お》いに負けた。その死が本人にとって不本意であったのなら、死に方がえらべなかったのだとしたら、どれほど強かった男もぶざまなものでしかない。

ロジャーは死んだ。

唯一《ゆいいつ》、あらゆる意味でバレットが手も足も出なかった男だ。バレットがロジャー海賊団に入ったのは、そのロジャーのチカラの正体を知りたいと思ったからだ。

いまとなっては。

そのチカラがなんだったのかもわからなくなった。わからない……バレットは自分の目的すらわからなくなった。それでも、存在しないものを求めつづけるわけにはいかない。人生は短く、全盛期はもっと短く、バレットはその半分を獄中ですごした。

このルーキーは……麦わら帽子をかぶったモンキー・D・ルフィという男は、あのロジャーの謎のチカラの正体を知っているのか。

「きさま……！」

迷いを断《た》ち、バレットは独白する。

そう、ロジャーとは……強さの求道者バレットに最初で最後の迷いをあたえた男だった。ほんの三年間バレットはロジャーのもとで迷った。その迷いは寄り道ではあったが、ムダであったとは思わない。

そうだ。

「麦わら……きさまが強さを知っていようが、知っていまいが……！」

「ぐっ！」

強烈なパンチがルフィの顎《あご》をとらえる。ルフィはきりもみしながら落下する。はげしく地面に激突したルフィめがけて、バレットはとどめの追撃にかかった。

「この〝強さ〟が海賊王だ！」

ものごとをむずかしく考えるやつは、ただ言《い》い訳《わけ》がうまいだけだ。

あらゆる相手を超えて倒しつづけること、それが〝最強〟だ。

渾身の――覇気をまとったバレットの筋肉がパンプアップし、ひとまわりおおきくふくれあがった。その武装色は青き熱を帯《お》びる。

バンッ！

土煙のなかから〝弾む男《バウンドマン》〟は跳《は》ねかえる。

「そんなもん、海賊王じゃねェ！」

ルフィはほえた。

「くたばれ麦わら！　これが最後だ！」

「ゴムゴムのぉおおおお………！」

――〝大猿王《キングコング》・銃乱打《ガトリング》〟！

――〝最強の一撃《デー・ステエクステ・ストライク》〟！

無数の見えないパンチの応酬《おうしゅう》。

たがいに拳と拳をぶつけ跳ねかえし、空を蹴り、空中で前進しつづけてははじきかえす。

「この海を、ひとりだからこそ勝ちつづける……世界最強は、このおれだァ！」

バレットの渾身の一撃がルフィの顔面に入る。

終わりだ。

最強の男は確信した。何発、何十発殴ったと思っている……！　ダグラス・バレットの拳を受けて、生きて立っていられた者など……！

「うるせえ……！　この海をひとりで生きてるやつなんて……いるわけねェだろ！」

「…………！」

*

火の海、死体の山、壊滅《かいめつ》させた祖国……親を知らず、育ての親を手にかけた。「ガルツバーグの惨劇《さんげき》」を経《へ》て、指名手配者ダグラス・バレットは海賊としてのしあがりロジャー海賊団と激突した。

バレットは一〇代のガキだった。むかうところ敵なしだ。恐いものなどなかった。負けるなどとは考えなかった。甲板《かんぱん》に尻《しり》をついて、ぶざまにロジャーの足もとをなめた、あのときまでは。

「強ェ……」

図体ばかり立派なガキだった彼には、そんな言葉しか口にできなかった。

完敗。生まれてはじめての。

「だが、おれァ、いつかあんたを倒して世界最強の男になる……ロジャー……！」

──おめェは強ェぜ。いつでも来い、バレット……！


人の記憶はいいかげんなものだ。ロジャー海賊団の船員《クルー》たちの顔も、副船長のレイリーの顔さえ、いまではすっかり薄れてしまっている。

でも、そのときのロジャーの顔だけは、死んだ男の貌《かお》はいまでも思いだせた。

ニッ……と、見るからに極悪人のようだったロジャーは、笑ってはいないのにたしかに笑っていた。バレットは心底、勝てないと思った。いまは勝てない。だが勝ちたい。だからこの男の強さの秘密を知りたくて、志願して船に乗った。バレットの胸中にあるのが忠誠ではなかったことはロジャーも承知だった。

それでも……。

あれはバレットが生涯唯一、心から笑った瞬間だったのだ。

あんな、すがすがしいときはなかった。あんな楽しいときはなかった。男と男の約束。

この男は、けっしてバレットを裏切らないだろう。…………

バレットは強いロジャーを追いつづけた。それが記憶のなかの幻《まぼろし》となっても。

なぜ、死んだのだ。

この海を、ひとりで生きていけるやつなんて、いるわけがないのに。

血と鼻水と涙、あらゆる体液でぐちゃぐちゃになった変形したゴムの顔で、ルフィはさけぶ。

最強、最強、海賊王。

相手の言葉に、ずっといらだっていたのはルフィもおなじだった。

「——この海をひとりで生きてるやつなんて……いるわけねェだろ！」

そしてバレットが、その一瞬だけ、なぜか惚《ほう》けたように覇気がゆるんだのをルフィは見のがさなかった。

渾身の乱打《ラッシュ》。

〝弾む男《バウンドマン》〟は〝鬼の跡目〟の伝説を終わらせる。

「おおおおおお！　おれは！　海賊王になる男だァあああああああああ！」

＊

万博島の戦いは終わった。

ダグラス・バレットはもはや立ちあがることはなかった。

仲間たち、同盟者たち、海軍、海賊……万博島に集結したみなが、勝利を見とどけた。

モンキー・D・ルフィの。

「ハァ……ハァ……ハァ……」

〝弾む男《バウンドマン》〟は息を荒げる。ルフィもまた命を削り限界まで戦った。覇気は失《う》せ、筋肉風船の空気がぬけて、そのまま地面に落ちる。

「ルフィ！　そなた、大丈夫か！」

ハンコックが駆けよった。

大の字で倒れていたルフィは……笑っていた。

「獲《と》ったぞ……！　宝！」

「？」

ルフィはちいさな宝箱をつかんでいた。海賊王ロジャーのお宝だ。

「しししっ！　おれたちの勝ちだ！」

＊

海賊万博会場に最後まで残った建造物――メインタワーの屋上で、主催者ブエナ・フェスタはがっくりと膝《ひざ》をついた。

夢は潰《つい》えた。

彼が勝負を賭《か》けたダグラス・バレットは敗北した。最強だったはずの〝鬼の跡目〟は大海賊時代のルーキー・麦わらのルフィに負けた。

人の夢。時代のうねり。それらは、とどめようもないもの。

「そんなバカな……おれの計画が……おれの人生最大の〝祭り〟が……！」

ヒュ――――ン……　ドーン！　ドーン！　ドドドド……！

遠くで砲声が鳴った。

そしてつぎの砲声は、より近くに……距離をはかっているのだ。

「〝バスターコール〟……」

*

「――ルフィ……これはなんじゃ？」

「海賊王の宝だ！　中身は……」

ハンコックに答えると、ルフィは宝箱を開けた。

中身をたしかめると、海賊女帝はおどろいた。

「これは……！　〝ラフテル〟の永久指針《エターナルポース》じゃ！　これがあれば……！」

〝偉大なる航路《グランドライン》〟最果《さいは》てのラフテルに至《いた》るための道標だ。ラフテルに至るためには四つのロード・ポーネグリフがそろわねばならないとされていたが……もし、ラフテルそのものの永久指針《エターナルポース》があるなら。それは〝偉大なる航路《グランドライン》〟制覇への最短航路となる。〝ひとつなぎ《ワン》の大秘宝《ピース》〟へとつながるはずだ。

本物なのか。

持っていたのが〝鬼の跡目〟であること。海軍がこれだけの大戦力を投入したことからして、本物である可能性は高いということだ。少なくとも海軍本部はそう考えている。

ルフィはラフテルの永久指針《エターナルポース》を手にして、ながめた。

ルフィは海賊王になりたい。それは〝偉大なる航路《グランドライン》〟を制し、〝ひとつなぎの大秘宝《ワンピース》〟

を手にすること。

ザッ——

影が動く。

砂と豹が、戦いおわったばかりのルフィに襲いかかった。狙いはロジャーの遺産だ。

「そいつをよこせ！」

「麦わら！」

クロコダイルとルッチの魔手がルフィを襲った。


バキッ！


ルフィは、ためらいなく永久指針《エターナルポース》を握りつぶした。

これにはクロコダイルもルッチも完全に意表を衝《つ》かれて、思わず立ちどまった。

「てめェ……！　なにしてやがる！」

「…………！」

粉々になった永久指針《エターナルポース》を見て、クロコダイルは額《ひたい》に青筋《あおすじ》を立てた。ルッチは表情こそ冷静だが、あきらかに内心ブチキレている。

ルフィは、ふたりを交互に見たあと、いった。

「おれはこれ、いらねェ！」

みな、あきれてしまった。

その宝のために、政府も海軍も海賊も、世界がてんやわんやの大騒ぎだったというのに。

ふっ、とゾロが笑う。サンジも口元をゆるめた。

たいした理由じゃない。なんとなく彼らの船長らしかったから。

ハンコックは、あらためて惚《ほ》れなおした顔でメロメロになった。

「ムチャクチャだ、麦わら屋……」

あきれながら、トラファルガー・ローは能力を発動した。

――〝シャンブルズ〟！

＊

万博島の沖に、カモメの帆を掲《かか》げた大艦隊があらわれた。

威風堂々。

あの海軍を殲滅《せんめつ》するための一人軍隊、ダグラス・バレットはすでに敗北した。

「わははは！　〝バスターコール〟はもうとめられねェ！　おれの死《し》に華《ばな》だ！　すべてを

焼きつくせェ！　アハハハハハハ…………！」

ブエナ・フェスタは正気ではいられなかった。

ハデな祭りにしてやる。時代をひっくりかえすほどの。

結果的に、それは半分だけは達成できた。海軍の総力といってよい戦力を動員したハデな戦争《マツリ》になった。

しかし、それは新たな時代の章をおこすことはなく〝バスターコール〟によってなかったことにされる。まさに歴史はくりかえすのだ。

「――〝祭り屋〟そして〝最悪の戦争仕掛け人〟ブエナ・フェスタ」

「？」

背後にあらわれた気配に、フェスタはすくみあがった。

「おまえの動きはずっとおれたちが追ってた」

「…………！　革命軍のナンバー2《ツー》！」

炎のなかからあらわれたのは、サボだった。ルフィとバレットの戦いの決着を見とどけた彼は、ひとりでこのメインタワーにむかった。彼の本来の目的のためだ。

「ハッ……！　海賊、海軍、七武海に革命軍……まさかあのメンツが組むとはな。おまえの入れ知恵か？」

「だれでもねェよ。ただ、ルフィがなんとなくそうさせただけだ」

実際のところそうなのだから、そう答えるしかない。

フェスタは顔をゆがめた。みるみる悔しさをこらえられなくなる。

ヘナヘナとあきらめて膝をつき——その瞬間フェスタは銃をぬいた。ただの銃ではない。貴重な海楼石《かいろうせき》の弾丸をこめてある。なにかあったときに能力者——バレットを始末するための保険、お守りだった。

「〝火拳《ひけん》〟!」

フェスタが銃をむけるよりもはやく、炎が薙《な》いだ。

死に華、といいながら死ぬ覚悟がきまっていない。サボはフェスタの恐怖と未練を見透《みす》かしていた。死を覚悟した男は、あんなふうにビビったりはしないのだ。

アフロヘアをチリチリに燃やして、海賊万博の主催者は銃を投げだし、どうっと倒れた。

煤《すす》だらけになった顔で、フェスタは祭りのあとの空をあおぐ。

「麦わらのルフィ……敵も味方もまきこんで強いチカラに変えていく。時代を拓《ひら》く……新たな海賊王の資質……おれァ、組む相手をまちがえちまったか……」

「心配するな」サボは教えてやった。「ルフィ《あいつ》は、おまえなんかとは組まねぇよ」

「ふふふふ……あはははははははは!」

〝バスターコール〟の攻撃が着弾した。メインタワーは崩壊する。〝祭り屋〟ブエナ・フェスタの最後のから騒ぎは終わったのだ。

*

――〝ジャンブルズ〟！


バレットと最後まで戦ったメンバーは運河の入り江に瞬間移動していた。

ロー、ルフィ、ゾロ、サンジ、ハンコック、ついでにバギー、そしてスモーカーだ。サボは、どこかに姿をくらましてしまった。もちろんクロコダイルとルッチ、ダグラス・バレットは戦場におきっぱなしだ。

サニー号の船べりからナミが船長の名を呼んだ。チョッパー、ブルック、ウソップたちも船にもどっていた。

「ちっ」

スモーカーは舌打ちした。

ダグラス・バレットは敗北、ラフテルの永久指針《エターナルポース》は破壊された。最高ではなかったが、すべての脅威が排除されたとすれば次善の結果ではあっただろう。〝バスターコール〟の砲撃は、いまはまだバレットがいた地点と噴火口跡《あと》のメイン会場あたりに集中していた。

撤退した部隊が集結する海岸部にはおよんでいない。

麦わらの一味との再戦を期して、スモーカーはその場を立ち去った。彼には、まだ海兵としての責務があった。

「——ロビンが盗《と》ってきてくれた海図のおかげで、逃げるルートはきまったけど……」

航海士のナミは海図をながめて作戦を練《ね》る。

ブエナ・フェスタはこの島について徹底的に調査していた。島から最速ではなれる海流はわかった。だが、その先には——

「逃げ道がふさがれちまう！」

マストの見張り台からチョッパーがさけんだ。

水平線を、十重二十重《とえはたえ》のカモメの旗が埋めつくしていた。

サニー号、麦わら大船団、ロー、ハンコック、ほか生き残った海賊船が陣型を組み、運河の出口から突出した。そこに狙いすましたような砲撃が襲いかかる。

「なんて数だ！　袋のネズミか……」

舵《かじ》を握るフランキーは激しい戦いを覚悟した。

ザザザッ——

そのとき、船がつぎつぎとサニー号を追いこしていった。

「あの艦隊はおれが沈める！　おまえら全員、ジャマすんじゃねェ！」

ユースタス・〝キャプテン〟キッド。

そしてスクラッチメン・アプー、X《ディエス》・ドレーク、ジュエリー・ボニー、ウルージ、バジル・ホーキンス、カポネ・〝ギャング〟ベッジ……最悪の世代たちの船がまえに出る。

やられっぱなしでたまるかと――

ルフィは、おなじ時代に、おなじ海を行く海賊たちを見やる。

さァ、帆を張れ。

「いくぜ……サニー！」

＊

戦場の海に、ちいさな海賊船が一艘《いっそう》まぎれこんでいた。

救助されていたのは歌姫アン、彼女を保護したのは革命軍のコアラだった。海賊船に偽《ぎ》装《そう》した革命軍の工作船だ。

「なァ、あんた」サボは一枚の写真をアンに見せた。「こいつ、出せるか？」

最悪の世代の船に左右から海軍がせまる。

「だめだ、ふさがれる……！」

フランキーが舵《かじ》を握る。

「おい！　あれは……！」

サンジの声に仲間たちは目を見ひらく。

大将黄《き》猿《ザル》だ。母艦から飛びあがったピカピカの実の能力者は、光となって海賊たちに牙をむく。彼が本気を出せば、海域にいる海賊船はみな光の速さで轟沈《ごうちん》するだろう。

海軍は、本気だ。


――〝火拳〟！


声と同時に、海上に炎の防壁がせりあがった。

海軍艦隊の勢いがさえぎられる。

「…………？」

黄猿は、この炎の正体がわからず、ほんのわずかようすを見て間をおいた。

そのとき甲板に伝令将校が走ってきた。

「スモーカー中将より入電！　海賊ダグラス・バレットは討伐《とうばつ》！　海賊王の宝は麦わらのルフィによって破壊され消失！　上陸部隊はいまだ撤退中！　〝バスターコール〟を即刻中止せよ、とのことです！　くりかえす〝バスターコール〟を即刻中止せよ」…………

火の道。

〈サウザンド・サニー号〉の眼前には、炎の壁に守られた海の道があった。

〝炎上網《えんじょうもう》〟

「……あは」

ルフィは笑う。

〝火拳〟をはなった義兄サボと、そして……いまは亡《な》きメラメラの実の能力者、ポートガス・D・エースのビジョンが炎のなかに浮かんでいた。

それは、たとえ〝幻〟であっても。

――この海を、ひとりで生きていけるやつなんて、いるわけがない。

「またな、ルフィ」

義兄《あに》たちとは、しばしの別れを。

炎のなかのエースの幻影は、またたく間に消えた。

この〝時代〟が動くとき、ふたたび彼らはまみえるだろう。

ルフィは……まえをむいた。

「いまだ！　おまえら、行っけぇええ！」

麦わらの一味は声をあげる。

麦わら大船団は声をあげる。〈サウザンド・サニー号〉を先頭に、海賊たちは炎が敷いたレールに沿って海を駆けぬけた。

――助けてもらえるから、守れるんだ。

EPI LOGUE

エピローグ

——なんの冗談だ！　永久指針《エターナルポース》に記録したのか⁉

帰途、ゴール・D・ロジャーは彼の船員《クルー》をにらみつけた。

〈オーロ・ジャクソン号〉の甲板《かんぱん》。船員の手には永久指針《エターナルポース》があった。彼は命じられてもいないのに、ついに至《いた》った彼《か》の地——〝偉大なる航路《グランドライン》〟最果《さいは》ての地ラフテルの座標を記録していたのだ。

——万が一のためです！　もし、また必要になったら。

——万が一？　ならねェよ。

おれたち海賊団の〝冒険〟は終わったんだ。

ロジャーはその場にいた全員に、静かに、たしかに宣言した。

この冒険に記念品《トロフィー》はいらない。

仲間たちに永久指針《エターナルポース》を掲《かか》げて見せたあと、ロジャーは、それを海に投げ捨てた。

――こんなモンにたよるやつに手に入れられる宝じゃねェ。そうだろう？

――あー！　船長〜！　もう行けねェ〜！

船員は頭をかかえた。

――おれたちは……早すぎたんだ。

そして記憶はひきつがれるのだ。

――〝ひとつなぎの大秘宝《ワンピース》〟か……だれが見つけるんだろうな……。

副船長のレイリーは未来に思いをはせる。

――そりゃ、おれの息子だな！

ロジャーは軽口をたたいた。

――いねェだろう。

――これからできるってんだよォ！

*

あるとき海賊王ゴールド・ロジャーが投げ捨てた永久指針《エターナルポース》を、海の底で、海王類《かいおうるい》がバクンと飲みこんだ。

祭りのきっかけは、そんなことだったらしい。

祭りは終わった。

それは時代にとり残された老人とオールドルーキーによるはた迷惑な祭りだったかもしれない。

それでも…………

〈サウザンド・サニー号〉は海を行く。

ルフィたちは海軍艦隊の包囲を突破した。サボとエースがみちびいた炎の道をぬけ、追跡をかわし、やっとひと段落したところで、船長はことの顚末《てんまつ》を仲間たちに話した。

――ええええええ！

仲間たちは絶句した。

「ぶっ壊しちまったのか？　ラフテルの永久指針《エターナルポース》！」

チョッパーはちいさな手をあげてバンザイしてしまった。

「ああ」

「なにやってんのよ！　バカじゃないの！　〝ひとつなぎの大秘宝《ワンピース》〟への近道かもしれなかったのに！」

ナミの小言がはじまる。航海士の彼女にしてみれば冒険のゴールへの最終アイテムだったのに。

「あははは。まァ、おまえならそうすると思ったけどな」

ウソップはニカッと笑った。

ゾロとサンジも、ま、この船長だからな……という感じで。

「ししし！　まだまだ、すんげぇ冒険がおれたちを待ってんだ！　近道なんかもったいねぇだろ！」

ルフィは楽しそうに笑う。

「ふふ」

するとロビンも、フランキーもブルックも仲間たちはみな自然と笑いあった。

ルフィは船首にむかって立つと、大切な麦わら帽子をかぶりなおした。

「野郎ども！　新しい冒険にむけて、出航だぁ！」

〈おわり〉

初出
劇場版 ONE PIECE STAMPEDE
書き下ろし

この作品は、2019年8月公開劇場用アニメーション
「劇場版 ONE PIECE STAMPEDE」（脚本・冨岡淳広　大塚隆史）を
ノベライズしたものです。

劇場版 ONE PIECE STAMPEDE

2019年 8月14日　第1刷発行
2023年 5月22日　第2刷発行

原　　作　尾田栄一郎
著　　者　浜崎達也
劇場版脚本　冨岡淳広　大塚隆史

装　　丁　高橋健二（テラエンジン）
編　　集　株式会社　集英社インターナショナル
〒101-8050　東京都千代田区一ツ橋2-5-10
03-5211-2632（代）

編集協力　添田洋平（つばめプロダクション）
編 集 人　千葉佳余
発 行 者　瓶子吉久
発 行 所　株式会社　集英社
〒101-8050　東京都千代田区一ツ橋2-5-10
03-3230-6297（編集部）
03-3230-6080（読者係）
03-3230-6393（販売部・書店専用）
印 刷 所　図書印刷株式会社

ISBN978-4-08-703482-0 C0293

STAMPEDE
JUMP BOOKS
ジャンプ ジェイ ブックス